KB004414

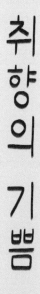

취향의 기쁨

글·그림
권예슬

나만의 방식으로
살아간다는 것

필름

그림 보는 순서

1	2
3	4
5	6

윤종신 - 느슨

feat. 신치림

프롤로그

2019년 7월
나는 우울감 때문에 아이패드를 샀다.

그림일기가 자존감 회복에
좋다는 이야기를 들었기 때문이다.

뚜렷한 취향도, 색깔도 없는 것 같아
고민하던 때였다.

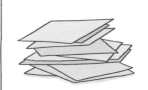

매일은 아니어도 꾸준히 내 마음을
글과 그림으로 기록했다.

단단한 정체성을 찾고 싶어
나만의 캐릭터를 만드는 데도 몰두해봤다.

그저 우울감에서 벗어나고자 두서없이
내 이야기를 세상에 꺼내본 것뿐이었는데

상상도 못했던 새로운 세계가 열렸다.

이 책은 그 기록의 시작이자 과정이다.

이제는 우울감보다, 기대감으로
일상을 기록하는 날이 더 많아졌다.

아직 만나보지 못한
더 찬란한 세계를 기다리는 마음으로.

나의 기록이 누군가에게
또 다른 기록의 씨앗이 될 수 있길.

내가 만났던 새로운 세계는
사실 '나'였음을.

벅찬 깨달음을 함께 마주하는 이들이
더 많아지길 진심으로 바라본다.

Contents

Part 2

취향이 다르다고 해서
틀린 건 아니니까요

Part4

앞으로도 취향은
계속될 테니까요

Part 1

오늘도 취향 하나를 더하는 일

취향이 가난하다 느껴질 때

종각 이자카야였다. 내 취향의 가난함이 여실히 드러났던 곳. 정확한 날짜는 기억나지 않지만 그날 함께했던 사람들, 장소, 분위기까지 또렷이 기억난다. 어느 정도 취기가 오르고 대화가 무르익었을 무렵, 누군가 질문을 던졌다. "좋아하는 영화가 뭐야?"

이토록 쉬운 질문에 제대로 된 답을 하지 못한 건 나뿐이었다. 모두 저마다의 인생 영화를 꺼내놓으며 그 영화가 자신에게 어떤 의미가 있었는지 신나게 이야기하는데 나만 초조했다. "음. 뭐였더라. 나도 좋아하는 영화가 있었는데, 기억이 안 나네. 뭐였지."

어색한 웃음으로 적당히 맞장구를 치며 머리를 굴리고 있는데 화제는 어느 순간 음악으로 건너갔다. "어떤 가수 제일 좋아해?"

그 이야기를 하는 동안에만 화장실을 여러 번 다녀왔던 것으로 기억한다. 흔하디 흔한 취향 질문에 멋들어진 답을 하지 못하는 나 자신이 너무 부끄러워서. 화장실로, 맥주잔 속으로, 과장된 웃음으로 자꾸만 도망쳤다.

좋아하는 영화나 음악이 정말 없었을까? 아니다. 분명 있었다. 다만, 부끄러웠다. 좋아하는 장르들은 머릿속에 둥둥 떠다니는데 "나 이거 진짜 좋아해!"라고 힘주어 말할 정도는 아닌 것 같았다. 더 솔직하게 말하면, 당시에는 제대로 된 영화나 음악을 가까이 두지 못하는 편이기도 했다. 물론 예전에 보고 들었던 감명 깊은 콘텐츠를 얘기할 수 있었겠지만 오랫동안 멀리 두고 지내다 보면 정말 생각이 잘 안

나질 않나. 그래서 어쭙잖게 이야기하느니 그냥 안 하는 편이 낫겠다 싶었다.

　좋아하는 책이나 작가를 물었다면 어렵지 않게 이야기할 수 있었을 텐데. 최근에 어떤 문장을 읽고 마음이 쿵 내려앉았는지, 휴대폰 메모장에 어떤 글귀를 적어두고 다니는지, 어떤 작가의 글이 나랑 잘 맞는지 물어줬다면 분명 신나게 떠들 수 있었을 텐데 나는 나와 맞지 않는 취향 질문 앞에서 마치 가난한 취향을 가진 사람 마냥 자꾸만 위축됐다.

　지금에서야 "나는 영화나 음악도 좋지만 책에 더 감동을 많이 느끼는 편이야."라고 말할 수 있지만 그때는 내가 그런 사람인 줄도, 그렇게 이야기해도 되는 줄도 몰랐다. 인생 영화가 별로 없으니 추천해 달라고 아무렇지 않게 말했어도 괜찮았을 텐데. 여유로운 마음으로 그들의 취향을 귀담아듣고 내 취향에 대한 이야기도 들려줬다면 나는 그날을 풍요로운 대화가 오갔던 자리로 기억할 수 있지 않았을까. 지금도 그때를 떠올리면 못내 아쉽다.

하지만 부끄러운 경험이었다고 해서 필히 나쁜 것만은 아니다. 그런 자극들 덕분에 내가 가진 취향에 대해 생각해 볼 수 있는 좋은 계기가 됐으니까. 취향이 가난했던 게 아니라 내 마음이 가난했다. 반짝이는 것들을 갖고 있으면서도 그것에 '취향'이라는 이름을 붙여도 되는지 몰랐고, 그것들을 드러내는 방법에도 어리숙했던 것이다. 남들이 다 좋아하는 분야라고 해서 나 역시 좋아해야 할 필요가 없음을 뒤늦게 깨달았다.

영화나 음악에 대한 질문은 지금도 종종 모임에서 주고받는 단골 질문이다. 이제는 그런 질문이 반갑다. 팔레트에 다양한 사람들의 취향 물감을 짜 놓고 다채로운 색으로 섞어 우리만의 그림을 그리는 것 같은 기분이 든다. 자연스럽게 물드는 조화로운 분위기에 늘 심취한다. 스스로 발견하고 찾아가는 취향도 좋지만, 사람들 속에서 피어나는 취향 지도 안에서 탐험을 해 보는 것도 색다른 묘미가 있다. 내가 좋아하는 사람들이 좋아하는 취향이라면 실패할 확률이 낮기 때문이다.

내가 가진 취향에 '초라함'이라는 딱지는 붙이지 말 것. 때로는 취향이 없을 수 있음을 받아들일 것. 주변 사람들에게 잠시 빌린 물감으로 그림을 그리다 보면, 내가 원하는 색이 무엇인지 명확히 알게 될 수도 있으니 질문을 주고받는 것에 쭉 마음을 열어둔 채 살아가고 싶다. 취향에 정답은 없으니까.

내가 가진 건
무채색 물감 밖에 없다고 고민하던 때

다양한 색을 가진 사람들을 만났다.

색들이 다채롭게 섞이는 순간

새로운 세상이 열리는 기분이었다.

내가 가진 색도 누군가에겐
같은 기분으로 느껴졌겠지.

우리 모두의 색은 고유하니까.

고유하고 다르기에 더욱 아름다운 것이라 믿는다

궁상맞은 습관

물건에 대한 취향을 미니멀리즘과 맥시멀리즘으로 나눈다면 나는 맥시멀리즘에 가깝다. 한때 곤도 마리에 작가의 책《설레지 않으면 버려라》열풍 탓에 물건을 좀 버려야 하나 싶은 적도 있었지만, 내게는 오랜 시간이 지나도 여전히 가슴 설레는 물건들이 너무 많아 번번이 실패였다.

이를테면 이런 것들이다. 초등학교 같은 반 친구에게 생일 선물로 받았던 탁상용 미니 수납장. 몸집이 커버린 내게 그 수납장은 손으로 열기에 벅찰 정도로 너무 작아 활용도가 떨어지지만 나를 똑 닮은 캐릭터 '트위티'가 환하게 그려져 있어 볼 때마다 웃음이 지어진다. 큰 물건은 넣을 수가 없어 버리기 아까운 추억의 물건들을 조금씩 넣어놨는데, 맨 아래 칸을 오래도록 차지하고 있는 건 열아홉 살 때 친구에게 받은 낙엽 편지다. 실제로 낙엽 위에다 편지를 쓴 건데 놀랍게도 아직 바스러지지 않고 잘 보관되어 있다.

초등학생 때 분신처럼 갖고 다니던 다마고치도 여전히 서랍 속에 있다. 사춘기 시절 친구들과 주고받았던 편지라 하기도 애매한 시답잖은 쪽지들도, 고등학교 때 교과서보다 먼저 챙겼던 엠피스리 플레이어도, 스무 살에 처음 가졌던 납작한 휴대폰도 여전히 작동이 잘될 만큼 최상의 상태로 보관 중이다. 얼마 전에는 고향집을 내려갔다가 어릴 때 입던 분홍색 키티 잠옷을 발견했다. 잠옷을 펼쳐 들고 엄마, 아빠랑 어찌나 한참을 웃었던지. 그리고 덧붙여진 엄마 말이 더 가관이다. "버리지 말고 잘 간직해 놔라이."

그러니까 내가 물건을 잘 버리지 않고 보관하는 습성은 사실 부모님께 물려받은 것이라 해도 과언이 아니다. 엄마 화장대 주변을 잘 살펴보면 어릴 때 언니와 내가 반성문이랍시고 썼던 꼬깃꼬깃한 편지들이 아직도 자리를 차지하고 있다. 아빠는 옛날 돈, 승차권, 전화번호부, 오래된 책들을 마치 박물관 유물처럼 보관하신다.

물건을 잘 버리지 않는 사람을 보고 '지지리 궁상맞다'고들 표현한다. 우리 가족은 궁상맞은 것일까? '궁상맞다'의 사전적 의미는 꾀죄죄하고 초라하다는 뜻인데 물건 자체가 꾀죄죄할 순 있어도 초라하지는 않다는 생각이 든다. 추억을 소중히 여기는 마음이 초라할 리 없고 그 마음이 물건에도 고스란히 깃들어 있는 거니까. 그래서 나는 우리 가족이 가진 물건에 대한 취향이 애틋하다.

맥시멀리즘에 물건을 잘 버리지 않는 습성을 가

졌다고 해서 아무 물건이나 사들이고 쌓아둔다고 생각하면 오해다. 한번 내 손에 들어온 물건들은 쉽게 버려지지 않기 때문에 살 때도 나름 꽤 신중한 편이다. 나를 오래도록 설레게 하는 물건들로 맥시멀리즘을 실천하고 싶은 마음이라고나 할까. 곤도 마리에 작가가 내 글을 본다면 고개를 저으며 한숨을 내쉴지도 모르겠다.

하지만 그 시절을 함께한 물건이 남아있어야 내 삶이 더 풍요로워지는 걸 어떡하나. 타임머신이 개발되기 전까진 손때 묻은 물건을 만지작거리며 추억 여행을 떠나는 수밖에. 궁상맞다 해도 그게 내 취향인 것을.

우리 집에는
40년 된 술잔이 있다.

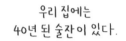

친할머니 유품 중 하나였다.

아빠는 집에서 술을 드실 때면
꼭 그 잔에 술을 따라 드시는데

한 잔씩 기울일 때마다
꼭 덧붙이는 말이 있다.

술은 역시 이 잔에
따라 마시는 게
제일 맛있어-!

갸~

엄마를 일찍 여읜 아들이 오래도록
엄마를 기억하고 추억하는 방법 아닐까.

물건에 마음을 담아두는
아빠의 취향이 나는 참으로 좋다.

누군가는 물건을 통해 위로받기도 하니까

취미가 뭐예요?

언젠가 덕후들이 주목을 받던 즈음 나는 몹시도 우울했다. 누구는 뚜렷한 취미도 하나 제대로 말하지 못하는 서른인데 취미로 돈을 버는 덕후들이 판을 치는 세상이라니. 무색무취 인간으로 살아온 게 사회 탓은 아니지만 나는 끊임없이 주변 탓을 하곤 했었다. 회사 때문에 일하느라 바빠서, 취미에 쓸 돈이 없어서, 내 몸 하나 건사하기에도 바빠서. 그냥, 이런 나라서.

당시 다니던 회사의 많은 사람들이 개성이 뚜렷해서 더욱 비교를 했던 건지도 모른다. 나랑 똑같이 일하고 야근도 하면서 어쩜 저렇게 취미로 자기 계발까지 똑 부러지게 하는 걸까. 대체 저 에너지는 어디서 나오는 걸까 하고 시샘하기도 했던 그때, 나의 푸념을 따스하게 들어준 동료가 있었다.

"저는 전공이 디자인이라 개성 강한 친구들이 주변에 많았어요. 그런데 개성이 강하다는 게 무조건 좋기만 한 건 아닌 것 같아요. 저 같은 경우는 저만의 세계에 오래 갇히다 보니 공감 능력이 많이 떨어지게 됐거든요. 전 오히려 매니저님이 부러워요. 뚜렷한 취미가 없다고 하시지만 분명 좋아하는 게 뭔지 잘 알고 있고 또 누구보다 공감 능력이 뛰어나시잖아요. 저는 혼자만의 세계에서 저랑만 대화하기 바빴는데 매니저님은 주변을 둘러보며 많은 것들과 공감을 해온 삶이니, 꼭 손해라고 볼 수는 없지 않을까요?"

남들과 굳이 비교할 필요 없다는 단순한 메시지였는데 그날따라 그 말이 어찌나 위로되던지, 택시

안에서 나눴던 대화의 온기가 아직도 마음 한편에 머물러 있다. 그날 이후, 나는 나의 무색무취를 조금씩 받아들여 보기로 했다. 비교로 얼룩진 삶을 청산하고 오롯이 내가 좋아하는 것들에 귀를 기울인 채 지내보기로 한 것이다.

책을 좋아해서 책을 자주 읽었다. 내가 좋아하는 장르와 작가들의 책으로만 잔뜩. 좋은 글귀는 가끔 SNS에 올리기도 했지만, 나의 감상은 주로 내 일기장에 빼곡하게 채워졌다. 오랫동안 힐끔거리기만 했던 그림을 배워 보기도 했다. 거창하게 무언가 되어보겠다는 욕심을 버린 채 그냥 하루에 하나씩, 혹은 마음이 갈 때마다 하나씩 그려 나갔다. 글도 꾸준히 썼다. 취미라고 말하기 위한 취미가 아닌, 그냥 내가 좋아하던 것들을 조금씩 꺼내 윤기를 잃지 않도록 살뜰히 가꾸어 나갔다.

그랬더니 나에게도 몰랐던 에너지가 생겨나는

순간이 정말 찾아왔다. 그리고 그때 깨달았다. '남는 에너지로 취향을 가꾸는 게 아니라, 취향을 가꾸다 보니 에너지가 생기는 거였구나.' 없는 줄 알고 지내왔지만 사실은 방치해 두고 있었던 내 소중한 취향들. 비록 여전히 희미한 색이지만 아무렴 어떤가. 이제부터라도 내 취향들이 그 자체로 더욱 오래 윤기 날 수 있도록 귀를 기울여주고 시간을 쏟아볼 셈이다. 금방 사라질 한 줌의 취향이라도.

내겐 너무 소중한 한줌이니까

오래된 친구들

학창시절에는 친구들이 곁에 없으면 늘 불안했다. 수학여행 버스는 꼭 친구와 함께 앉아 가야 했고 혼자 급식을 먹는 건 절대 상상조차 할 수 없었다. 등하굣길조차도 늘 친구와 함께 했으니 인생의 3분의 1은 친구들과 함께였다 해도 과언이 아니다. 종일 붙어 있다 보니 따라 하기도 참 많이 따라 했다. 글씨를 예쁘게 쓰는 친구가 있으면 유심히 지켜본 뒤 내 글씨체도 은근히 따라 바꿨고 학용품, 머리 모양, 옷 입는 모양새까지 알게 모르게 참 많이 모방했던 것 같다.

요즘은 스마트폰 덕분에 세계 각국 또래들의 일상까지 가까이 할 수 있지만 내가 학교를 다니던 시절에는 직접 눈 마주치고 침 튀기며 이야기를 나누는 현실 친구들만이 세상의 전부였기에 서로 스며드는 빈도가 높을 수밖에 없었다. 뚜렷한 자아가 생기기 전이라는 점도 한몫했을 테고.

시간이 훌쩍 흘러버린 탓에 기억에 남는 친구들의 모습이 많이 남아있지 않지만, 한 친구의 습관만큼은 아직도 선명하게 떠오른다. 키도 크고 얼굴도 예쁜데 공부까지 잘하고, 심지어 착하기도 해 많은 친구들의 부러움을 샀던 친구. 나는 하나도 갖기 힘든 걸, 모두 갖고 있다니. 세상 참 불공평하다 싶었다. 어쨌든 나도 다른 아이들처럼 그 친구를 좋아했고 선망했다. 분명 나랑 비슷한 디자인의 안경을 쓰고 있는데도 느낌이 다르고 안경을 추어올리는 손동작마저 우아해 보였다. 왜 똑같은 옷을 입고 같은 행동을 해도 특유의 아우라가 느껴지는 사람들이 있지 않나. 그 친구가 딱 그런 케이스였다. 같은 교복, 같은 체육복을 입어도 유독 세련돼 보였던 친구.

필체도 참 예뻤다. 요즘처럼 캘리그래피가 흔하던 시대는 아니었는데 어쩜 글씨를 그렇게도 예쁘게 쓰던지. 그 친구의 필체를 따라 하기 위해 하라는 공부는 안 하고 빼곡하게 글씨 연습을 했던 연습장이 어렴풋이 떠오른다. 얼마나 지독하게 연습했는지 지금도 따라 쓸 수 있을 정도다. 반이 바뀌고 새로운 친구들을 사귀어 나가면서 모방의 대상도 해마다 달라지곤 했지만, 나는 대체로 글씨를 예쁘게 쓰거나 자신만의 세계가 뚜렷해 보이는 친구들을 좋아했다. 그 때문인지 많은 시간이 흐른 지금도 친구들의 습관과 취향이 여전히 내 몸 어딘가에 저마다의 문신으로 남아있는 기분이다.

살아가다 보면 가끔, 예기치 않게 어린 시절의 추억을 만나게 되는 순간들이 있다. 친구가 좋아했던 향의 바디로션을 낯선 사람에게서 우연히 맡았을 때, 내가 따라 하던 필체를 어느 문방구의 테스트 종이에서 봤을 때, 친구와 함께 가사를 외워가며 따라 부르던 그 시절 노래를 길거리에서 마주했을 때. 찰나의 순간이지만 여운이 길게 남아 한동안은 친구들이 무척이나 그리워지곤 한다. 그래서 더 이상 연락이 닿지 않는 친구들이 떠오를 때면 나는 그 아이들의 이름을 종이 위에 하나씩 써 본다.

머릿속으로 이름을 떠올렸을 땐 그저 과거에 머물고 있는 느낌이었는데, 한 글자씩 써 두고 보니 친구들의 이름이 낯설게 느껴진다. 알고 지낸 시간보다 연락이 끊어진 시간이 더 길어졌기 때문일까. 이제는 친구가 아닌 한 명의 인간으로 선명하게 다가오는 기분이다. 미성숙했던 시절, 나의 정체성에 알게 모르게 많은 영향을 줬던 착한 친구들. 펜으로 적어둔 이름을 손으로 괜히 하나씩 만져보며 친구들에게 조용히 안부를 건네 본다.

나에게 반짝이는 순간들을 거리낌 없이 나눠줘
서 진심으로 고마웠어.

연락이 끊긴 친구들 생각이 가끔 난다.

수학을 어려워하는 나를 위해

친절히 공부를 알려주던 친구

내가 이상한 개그를 던져도

한결같이 웃어주고 받아주던 친구

무슨 할말이 그렇게 많았는지

매일 쪽지를 주고 받으며 킥킥대던 친구

비록 지금은 곁에 없지만, 안부조차 알 수 없을 정도로 멀어져버렸지만

우연히라도 만나게 되는 날이 온다면 이 말을 꼭 전해주고 싶다.

그때 나랑 친구 해줘서 고마웠어.

추억이 남아 있어 참 다행이야

콤플렉스를 극복하는 방법

나는 이마가 굉장히 넓은 편이다. 그래서 어릴 때 놀림을 많이 받았다. 제일 많이 들었던 별명은 황비홍, 마빡이. 그 외에도 대추, 오이 등 참 다양한 키워드들 속에서 놀림을 받으며 자라왔다. 그러던 중 너무 속이 상했던 언젠가, 울면서 집에 들어온 적이 있다. 친구들이 이마를 계속 놀린다고, 서럽다고 엉엉 소리 내 울면서.

대성통곡을 하며 현관으로 들어오는 딸을 보던 엄마는 나를 따뜻하게 안아주며 이렇게 말씀하셨다. "원래 크게 될 사람들은 다 이마가 넓은 법이야. 대통

령 아저씨도 넓고 베토벤, 모차르트도 다 이마가 넓잖아! 애들이 질투해서 그래." 참 단순했던 나는 엄마의 말을 철석같이 믿고 빠르게 콤플렉스를 극복했다. 얼마나 빨랐느냐 하면 전학 간 지 얼마 안 돼 놀림을 받았던 그 학교에서 이마를 내세워 몰표를 받고 전교부회장이 됐다. 이마를 어떻게 내세웠냐고? 바로 이 멘트 덕분이다. "반짝반짝 빛나는 이마로! ○○초등학교를 밝게 빛내겠습니다!"

고등학교 때는 쌍꺼풀 없는 내 눈이 그렇게 거슬릴 수가 없었다. 아무래도 수능이 끝나면 수술을 해야겠다 다짐하던 때, 언니가 내 눈이 얼마나 예쁜지 말해줬다. 앞으로는 무쌍이 뜰 거라며 이런 눈은 돈 주고도 못 사는 눈이라고 덧붙이면서. 그런데 놀랍게도 내가 대학생이 되던 시절, 브라운아이드걸스 가인을 비롯한 쌍꺼풀이 없는 연예인들이 갑자기 인기몰이를 하기 시작했다. 언니의 놀라운 예지력이란.

엄마와 언니가 해준 말들 덕분인지는 몰라도 나는 내 외모에 큰 불만 없이 30년 넘게 잘 살아가고 있다. 내 이야기가 누군가에게는 허무맹랑하게 느껴질 수도 있겠지만 당시 내게는 일종의 주문 같았다. '너는 지금 이대로도 충분히 괜찮으니 걱정하지 않아도 된다'는 의미가 담긴 따뜻한 주문. 그래서 터무니없어 보이는 말일지라도 가까운 사람들의 말이 큰 힘이 된다고 믿는다. 그러니 우리, 서로를 조금 더 따뜻한 시선으로 바라봐 주기로 하자. 그리고 그만큼 나 자신에게도 관대해지기로 하자. 나는 세상에 단 하나뿐인 소중한 '나'니까.

좋은 음식을 위해 필요한 것

음식을 만들려면 재료가 필요하다. 그리고 좋은 재료는 좋은 음식을 만들도록 도와준다. 그렇다면 좋은 재료는 어떤 걸 말하는 걸까. 화학비료를 사용하지 않은 땅에서 건강하게 자란 유기농 곡물들. 적당한 햇빛과 물을 듬뿍 머금고 자란 친환경 채소들. 또는 맛과 영양이 풍부한 제철 식재료들을 우리는 대부분 좋은 재료라고 일컫는다.

그리 길지는 않지만 다년간 회사 생활을 하면서 체득한 것 중 하나는, 우리에게도 좋은 재료가 늘 필요하다는 것이다. 상사는 언제나 좋은 보고서를 원하고, 클라이언트는 늘 기발한 아이디어를 원한다. 모두가 원하는 좋은 결과물을 위해 뒤따르는 수많은 필수 요소들이 있겠지만 가장 중요한 건 좋은 재료를 한 아름 안고 요리를 시작하는 나 자신이다.

전날 야근으로 인해 거의 밤을 새우다시피 하고 출근을 하던 어느 날 아침, 지하철에서 옆자리 아주머니가 악보를 무릎 위에 살짝 꺼내놓고 드럼 연습을 하시던 모습을 본 적이 있다. 시루떡처럼 앉아 출근하는 나보다 훨씬 생기가 넘쳐 보여 짧은 찰나에 적잖은 충격을 받았었다.

회사를 다니기 시작하면서 새로운 배움은커녕, 매일 물밀듯 몰려오는 일을 쳐내기에 바빴던 나. 매일 새로운 아이디어를 고민하고 클라이언트에게 제안하는 일을 해야 했지만, 갖고 있는 밑천이 얼마 되지 않아 언제나 바닥을 벅벅 긁어가며 하루를 겨우 연명하던 나였기에 더욱 그런 생각을 했는지도 모른다.

재료가 다 떨어졌다는 생각. 냉장고를 탈탈 털어 가진 재료들을 모두 꺼내 보지만, 유통기한이 지나버렸거나 신선도가 떨어진 재료들뿐. 어떡하지. 이런 재료로는 맛있는 음식을 만들 수가 없는데.

그러니, 온종일 회사에 붙어 있어서는 결코 좋은 결과물을 기대할 수가 없는 것이다. 다양한 콘텐츠들을 많이 접함으로써, 새로운 것들을 많이 경험해봄으로써, 또 그만큼 아주 많이 쉼으로써 우리는 좋은 재료들을 비축해두어야 한다. 그래야만 좋은 음식을 만들 수 있다. 당연한 이야기 같아 보여도 꽤 많은 사람들이 이 당연한 걸 놓치고 살아간다. 나 또한 그랬으니까.

늘 좋은 결과를 만들고 싶은 나는, 좋은 재료들을 비축해두기 위해 자주 쉬어주는 삶을 살기로 했다. 햇볕도 적당히 쬐어주고 신선한 물과 양분도 듬뿍 공급해주면서, 내 안의 재료들이 말라비틀어지지 않도록. 그래야 맛있는 음식을 지치지 않고 오래도록 만들 수 있을 테니까. 신선한 재료도 내 안에서 나오고 요리를 하는 것도 결국 나 자신일 테니까 말이다.

자존감을 지키기 위한 여행

자존감이라는 단어를 만나면 나는 포르투갈이 가장 먼저 떠오른다. 믿었던 사람에게 "너는 야근을 너무 많이 해서 나중에 아기가 생겨도 회사 일 때문에 애를 잘 못 돌볼 것 같아."라는 이유로 이별 통보를 받은 뒤 무너진 자존감을 회복하기 위해 포르투갈로 여행을 떠난 적이 있었다. 말 같지도 않은 이별 이유에 대체 왜 자존감이 무너졌으며, 그렇다고 굳이 포르투갈까지 갈 필요가 있냐고 할 수 있겠지만, 그때는 그렇게 말 한마디에 흔들리는 게 나였고 우리나라 사람이 비교적 적은 타국에서 여행을 성공적으로 해내면 자존감이 회복될 수 있을 거라 생각했다.

그렇다. 여행은 본디 휴식과 즐거움이 동반되는 것이거늘, 당시 내게 포르투갈은 미션의 성격이 더 강했다. 마치 이 여행을 성공적으로 마치느냐 마느냐에 따라 나의 가느다란 자존감의 회생 여부가 달려있었다고나 할까. 한 치의 오차도 있어서는 안 되고 안전하게 목숨을 부지한 채 한국으로 돌아오는 것이 가장 큰 목표였다. 인생 첫 해외여행을 이런 마음으로 떠나는 사람은 아마 흔치 않을 거다.

준비를 철저히 한 덕에 여행은 무탈하게 잘 끝났고 좋은 추억도 많이 남겼다. 바닥으로 치달았던 자존감도 어느 정도 회복되는 듯했다. 첫 해외여행을 혼자서 이렇게나 잘 다녀오다니. 너무 대견하고 자랑스러운 뿌듯한 마음에 당분간은 만족스러웠지만, 그 감정은 정확히 3개월 만에 막을 내렸다. 화창한 가을볕 기운을 가득 머금은 포르투갈 여행 마지막 날 썼던 9월의 일기장 뒤편에, 먹구름이 짙게 드리운 1월의 일기가 그 사실을 방증한다.

무너진 자존감이 한 번의 여행으로 짠하고 회복될 리는 없다고 생각했지만 이 정도로 허무할 줄은 몰랐다. 여행을 성공적으로 끝내고 나면 보다 멋있고 당당한 '나'가 되어 있을 줄 알았는데 오히려 더 형편없는 쪽에 가까웠다. 여행이 아무런 도움이 되지 못했다는 이야기는 아니다. 혼자 계획을 세우고 실천에 옮기며 성취를 맛보는 일련의 순간들은 분명 좋은 영향을 끼쳤지만, 그것만으로 자존감이 회복되려면 나는 여행자가 되어야 했다.

친구들의 부러움을 살 만큼 연애를 꾸준히 했지만 상처를 쉽게 받는 성격 탓에 늘 감정 소모가 심했고, 애인의 말 한마디에 기분과 자존감은 매 순간 널뛰기 하듯 오락가락하는 편이었다. 숱한 연애 경력 덕분에 인간관계 기술은 많이 터득했지만 그만큼 나와의 대화 시간은 부족했다. 스물여덟 살이 되어서야 이러지도 저러지도 못한 채 쭈그리고 앉아 있는 나를 마주하게 된 것이다.

회사에 지각하지 않기. 일정 금액 이상 꼭 저금하기. 집 정리 정돈하면서 살기. 아무리 바빠도 혼자만의 시간 꼭 갖기. 여행을 다녀온 후 다시 위태로워진 내가 일기장 말미에 적어두었던 행동 지침들이다. 정돈된 삶. 여유 있고 체계적인 삶을 위해 매일 차곡차곡 쌓아 나가고자 노력했다. 해외여행과 같은 큰 도전도 좋지만 일상에서 쌓아 나가는 작은 성취들이 보다 더 단단하게 나를 지켜줄 것이라는 믿음에 기반한 실천이었다.

그로부터 5년이 흐른 지금, 나는 꽤 단단한 사람이 되었다고 말할 수 있다. 오로지 자존감 회복만을 위해 항공 사이트를 들락거리지도 않는다. 여행은 여행 그 자체로, 자존감은 '일상'이라는 이름의 여행 속에서도 얼마든지 채워나갈 수 있는 거니까. 기회가 된다면 포르투갈을 다시 찾아가고 싶다. 한층 여유로워진 마음으로, 진짜 여행의 목적으로 말이다.

감기약 설명서에 필요한 한마디

어떤 약이든 설명서를 자세히 읽어보는 편이다. 그날도 어김없이 그랬다. 몸살감기에 지독하게 걸렸던 날, 으슬으슬한 몸을 겨우 부여잡고 이불에 들어간 채로 약을 입에 털어 넣고 설명서를 주욱 읽어 내려갔다. 아플 때마다 늘 먹는 감기약이지만 설명서를 읽는 내 감정은 매번 다르다. 특히 몸도 마음도 지쳤을 때는 나도 모르게 설명서에 더더욱 의존하게 된다. 약사에게 '이거 먹으면 정말 낫는 거죠?'하고 구원의 눈빛을 보내듯 그렇게 한 문장 한 문장 곱씹으며 읽어 내려간다.

2013년 즈음이었다. 스물다섯 살, 대학교 4학년 마지막 학기를 남겨두고 원하던 회사에 인턴으로 합격해 부산에서의 학교생활을 마무리하고 허겁지겁 서울로 올라왔던 때. 지방에서 태어나 자란 탓에 서울은 마냥 무서운 도시로만 생각했었는데 내가 직접 경험한 서울은 달랐다. 말씨만 다를 뿐 똑같이 사람들이 부대끼며 살아가는 곳이라는 걸 몸소 깨달으며 첫 회사 생활을 가뿐하게 해내고 있었다.

잘 지내고 있다 생각했다. 일도 사람들도 너무 좋았고 지방에서 경험해보지 못한 다양하고 화려한 문화들 덕분에 하루하루를 다채로운 색으로 채워가고 있었으니까. 그렇게 세상에서 가장 행복한 한때를 보내고 있다 생각했는데 갑자기 병이 났다. 감기였다. 일 년에 한 번씩은 지독하게 걸리는 단순 감기였는데 낯선 도시에서 걸린 감기는 생경하게 다가왔다.

친언니와 함께 지내고는 있었지만 어린 나이에

부모님과 멀리 떨어진 채로 지내보는 건 처음이라 괜스레 더욱 아팠던 것 같다. 흔하게 걸려봤던 감기면서 나는 마치 감기를 처음 경험해본 사람인 양 서럽게도 몸을 움츠리고 아파했다. 심적으로 기댈 곳이 딱히 없었기에 그날따라 감기약 설명서에서 이런 한마디를 기대했던 것인지도 모른다. "따뜻한 물 많이 드시고 그동안 힘들었던 일들은 잠시 내려놓고 푹 쉬세요. 쉬어 가라는 신호입니다." 같은.

약을 올바르게 섭취하기 위한 방법은 친절하게 나열되어 있었지만 힘든 내 몸과 마음을 달래어 줄 문구는 어디에도 없었다. 애초에 그런 걸 기대하는 사람이 있겠냐마는 그래도 때로는 이런 담백한 한마디가 아픈 이들에게 오히려 더 큰 치유가 될지도 모른다는 생각을 했던 것 같다. 가까운 사람들의 진심 어린 위로도 물론 좋지만, 가끔은 이렇게 생각지도 못한 부분에서 잔잔한 위로를 얻기도 하니까.

마냥 잘 지내고 있다고 생각했던 그때의 나는 혹독한 감기를 경험하면서 잠시 쉬어가는 법을 배웠다. 뭐든지 좋다고 마구 먹기만 해대면 몸도 체한다는 것을 연신 콜록거리면서. 감기약 설명서에 따뜻한 한마디를 기대하듯 때로는 낯선 위로가 필요하다는 것도.

온갖 위로들로 점철된 세상에서 정작 나에게 필요한 위로는 찾기가 어렵다고 툴툴댔지만 생각보다 단순한 곳에서 단순한 위로를 바라고 있던 나처럼, 나도 그런 누군가에게 잔잔하지만 알맞은 위로를 건네는 사람이 되고 싶다.

그런 위로가 필요한 날이 있지

퇴사 다음 날, 가장 먼저 한 일

    퇴사를 일주일 앞둔 시점, 동료에게 이런 질문을 받았었다. "퇴사 다음 날, 제일 먼저 뭐하고 싶어요?" 사실 별다른 계획 없이 내던진 사표였기에 퇴사 다음 날의 계획이 있을 리 만무했는데 질문을 받고 곰곰이 생각해 보니 집 청소를 하고 싶다는 욕구가 가장 먼저 떠올랐다. 이사 간 지 얼마 안 된 새집이었고 나름 깨끗하게 살고는 있었지만, 마음 한구석에 '제대로 청소 한번 해야 하는데…' 하는 욕구가 늘 자리 잡고 있었던 것이다. 나는 왜 그렇게도 청소가 하고 싶었을까.

퇴사를 앞두고 있던 회사는 대기업이었고 나름 워라밸이 잘 지켜지는 곳이었다. 회사에서 집까지 거리가 매우 가까웠기에 귀가 시간도 비교적 빨랐다. 때문에 청소할 시간은 얼마든지 있었고 여가생활을 즐기기에도 충분한 조건의 삶이었다. 그런데도 항상 옷장에는 정돈되지 않은 옷들로 넘쳐났고 보이지 않는 공간에는 억지로 쑤셔 넣은 잡동사니들로 가득했다.

마치 내 인생 같았다. 겉으로 봤을 때는 멀쩡해 보이고 심지어 근사해 보이기까지도 하지만 속을 들여다보면 전혀 그렇지 않은. 시간적 여유가 없었던 것도 아닌데 언제나 그렇게 보이지 않는 곳에 군더더기들을 꽁꽁 숨겨두고 모른 척하기 바빴던 내 삶. 정신적 여유가 없었음을 단편적으로 보여주는 일상의 파편들.

퇴사 다음 날, 적당히 늦잠을 잔 뒤 부랴부랴 청

소를 하기 시작했다. 옷장에 쑤셔 넣었던 옷들을 꺼내 분류하고 아끼는 옷들은 일일이 손빨래를 했다. 부엌 찬장에 처박아 뒀던 잡동사니들을 하나하나 정리하고 안 보이는 곳 먼지까지 깨끗하게 닦아냈다. 목적을 상실해버린 책상에게 제 몫을 찾아주고 오랫동안 방치해 둔 구멍 난 스타킹들을 바느질 해 수명을 연장해 주기도 했다. 아, 이것들이 뭐라고 내 마음이 이리도 평온해지는지. 조각나 있던 일상의 파편들이 한데 모여 제자리를 찾아가는 기분. 일상성을 회복한다는 말이 이런 거였구나.

누군가는 내가 게을렀기 때문이라고 지적할 수도 있다. 부정할 생각은 없다. 회사를 다니는 동안 오랫동안 지쳐있던 내 마음을, 어지럽혀진 내 일상을 외면한 채 게으르게 살아온 건 맞으니까. 나는 계획 없는 퇴사를 하고서야 비로소 일상을 회복하는 법을 알게 된 거다. 회사를 계속 다니면서 회복할 수 있었다면 더 좋았을지도 모르겠지만 그때 쉬지 않고 계속 달리기만 했다면 분명 탈이 났을 것 같다. 스스로 위험 신호를 감지한 것을 그나마 다행으로 생각한다.

그해 2월부터 9월까지 쭉 쉬었다. 누군가의 간섭 없이 아무런 걱정 없이 편안하게 쉬어본 게 얼마 만인지 모르겠다. 물론 점점 줄어드는 생활비 때문에 너그러웠던 마음도 서서히 쪼그라들긴 했지만 인생에서 손꼽히는 좋았던 순간이다. 별일이 아니라고 생각했던 청소를 통해 내 마음의 별일을 만들어냈고, 무의미해 보이는 시간들을 보내면서 유의미한 생각들을 차곡차곡 쌓을 수 있었던 값진 순간. 살면서 한 일 중 가장 잘한 일.

가끔 알 수 없이 마음이 가라앉을 때면 퇴사 다음 날을 떠올리며 조용히 청소를 시작한다. 좋아하는 음악이나 팟캐스트를 틀어놓고 어지럽혀진 일상의 파편들을 하나씩 주워 제자리를 찾아준다. 어제는 비가 많이 왔다. 창틀에 까만 때가 얼룩덜룩 붙어

있는 게 눈에 보인다. 글이 마무리되는 대로 청소를
시작해야겠다.

바쁘다, 바빠!

청소 한번 해야 되는데..

일단 시간 없으니 조금만 더 미루자.

언제 이렇게 쌓였지?

나를 위해 바쁜 시간도 필요해.

그 시간들은 결국 내 안에 남을 테니까.

정신없던 내 삶도 조금씩 정돈되는 기분

망쳐도 망친 그림을 그린 내가 남겠지

나는 항상 시작이 어려웠다. 자소서 첫 문장이 그랬고 혼자 처음 해 본 여행이 그랬고, 그림 또한 그러했다. 특히 그림은 언젠가 시작해보고 싶다는 마음만 있었을 뿐, 늘 오늘은 아니었다. 그런데 갑자기 그림을 더 이상 미루고 싶지 않다는 욕망이 강하게 일면서 무작정 종이와 연필을 집어 든 날이 있었다. '그림이 뭐 별 건가?' 하는 거만한 마음으로 거침없이 책상에 앉았는데 역시나 시작부터 괴로움을 맞이했다. 기초가 없다 보니 첫 선을 긋는 것부터 고역이었던 것.

텅 빈 도화지에 선 하나를 그리는 일은 마치 하얀 워드 창을 켜 두고 첫 문장을 어떻게 시작해야 할지 몰라, 깜빡이는 커서를 한참이나 바라보는 일처럼 꽤나 부담스러운 일이었다. 그렇게 배배 꼬이는 몸을 겨우 붙들고 여러 선들을 그었다 지웠다 반복하고 있는데 갑자기 화가 치밀었다. 대체 언제까지 이렇게 우물쭈물하며 출발점에서 머무르고만 있을 셈인지, 언제까지 지우개 똥만 생산해내고 있을 것인지. 나 스스로가 너무 한심하고 답답해 보여 짜증이 확 난 거다.

죽이 되든 밥이 되든 일단 계속 그려 보기로 했다. '망쳐도 망친 그림을 그린 내가 남겠지.' 하는 마음으로. 누군가의 평가를 받는 것도 아니니 부담은 내려두고 몸에 힘을 뺀 채로. 그러자 시작은 그다지 마음에 들지 않던 선들이 어느새 다음 선을 만나 이어지고 또 이어지면서 꽤 그럴싸한 모습이 되어가는 걸 발견할 수 있었다. 여전히 삐뚤고 완벽한 모습은 아니지만 나름 원하는 형태에 가까워지고 있다는 느낌만으로도 묘한 성취감이 일었다.

참 단순한 깨달음이 아닐 수 없다. "시작이 반이다."라는 흔한 속담이 있고 시작이 어려울 뿐, 막상 하고 나면 별거 아니라는 말을 숱하게 듣고 살지만 결국 또 이렇게 직접 체득해야만 제대로 깨닫고 만다. 첫 단추만이 전부가 아니라는 걸 어느 정도 알고 있는 나이임에도 불구하고 여전히 첫 단추에 목매달고 있었음을 알 수 있었던 그때의 나.

그림을 매일 조금씩 그려보기 시작한 이후로 나는 처음을, 시작을 전보다 두려워하지 않게 됐다. 첫 단추를 잘 꿰는 것보다 중요한 건 단추든 그림이든 일단 시작해봐야 한다는 것. 잘못 꿴 단추라면 다시 꿰면 그만이고 잘못 그린 선이라면 그 옆에 또 다른 선을 그리면 된다. 그림에도 인생에도 정답은 없듯 무수한 선들이 이어지면서 결국 나만의 그림체가 완성될지도 모르니까. 게다가 '노력한 나'와 '시도해 본 나'가 내 안에 또렷이 남기도 할 테니 손해 보는 일은 더더욱 아니다.

오늘도 마음이 가는 방향으로 몸을 움직여 본다. 첫발은 여전히 어렵다. 하지만 겁 없이 달려든다. 부끄러운 시작의 흔적은 어차피 나만 알 수 있고, 끝내는 그 시작이 기억조차 나지 않을 만큼 멋진 기록이 기다리고 있을 것이기 때문에. 그런 확고한 믿음이 나를 계속 나아가게 만든다.

그림이 잘 그려질 때도 있고

그렇지 못한 날도 있다.

어깨너머로 배운 부족한 실력이기에
잘 그려지지 않는 날이 더 많지만

그래도 일단 펜을 집어 들어 본다.

이유는 단순하다.

잘 그려지던 날의 성취를 또 맛보고 싶어서.

아무것도 그리지 않은 날의 기록보다

삐뚤빼뚤한 그림이라도 그려낸 날의
기록들이 내겐 더 의미가 깊을 테니까.

언젠가 찾아올 성취의 순간을 위해, 오늘도 뚜벅뚜벅

작은 창 대신 큰 창을 바라보게 하는 사람들

서울에 올라와 회사 생활을 시작한 지 2년 차에 접어들었을 때의 일이다. 느지막이 야근을 하고 집으로 가는 4호선 열차에 몸을 실은 채 가고 있는데 대뜸 이런 방송이 나왔다. "서울이 왜 아름다울까요? 한강을 지날 때 보이는 저 야경 때문 아닐까요?" 휴대폰에 시선을 고정하던 사람들은 이 한마디에 흠칫 놀란 표정으로 고개를 들고 주변을 두리번거리기 시작했다.

기관사님은 방송을 이어갔다. "비가 와서 집에도 일찍 못 가고, 열차도 사당까지 밖에 안 가서 '에휴'

하시는 분들 계신가요. 사당까지만 운행해서 죄송합니다. 곧 4호선 끝판왕 오이도행 열차가 도착할 예정이오니 환승하시길 바랍니다. 오늘 하루도 모두 고생 많으셨습니다. 안녕히 가십시오."

서울 토박이에겐 흔한 광경일 수 있겠지만 내겐 너무나 생소했다. 그 생경했던 순간을 놓치고 싶지 않아 트위터에 기록으로도 남겼다. "이런 방송은 지하철 타면서 처음이다. 기관사님이 어떤 분일지 궁금하다." 1분도 채 안 되는 짧은 순간에 미소가 지어지고 마음이 따뜻해졌다. 생각지 못한 사람에게 듣는 "오늘 하루 고생 많았다."는 말은 의외로 힘이 강했다. 내가 얼마나 고된 하루를 보냈는지 알아주는 기분에 집 가는 발걸음이 몽글몽글해졌다.

그날 하루의 특별한 경험일 줄 알았는데 비슷한 안내 방송은 내가 4호선을 탈 때마다 종종 이어졌다. "안녕하십니까. 기관사 ○○○입니다. 열차를 운행하면서 제가 가장 좋아하는 구간은 바로 지금, 동작대교를 지나는 순간입니다. 잠시 휴대폰은 내려놓으시고 창 밖 풍경을 둘러보시길 바랍니다. 눈에도 휴식을 주시고, 고단한 하루 속에서도 풍경을 즐기는 여유를 잃지 않으셨으면 합니다. 이번 역은 이촌, 이촌역입니다. 안전하게 하차하시길 바랍니다."

목소리를 완벽하게 구별해내는 능력은 없지만 4호선에서 들려오는 따뜻한 방송의 목소리는 매번 달랐다. 이쯤 되면 4호선만 특별교육을 받는 게 아닌지 의심될 정도였는데 내가 주로 타는 노선일 뿐이니 그 의심은 접어두기로 했다. 중요한 건 그게 아니었다. 나는 이런 방송을 하는 기관사님이 어떤 분들인지 너무 궁금했다. 그 짧은 1분의 방송이 나의 습관을, 내 취향을 바꾸어 놓았기 때문에.

지하철에서 가급적이면 음악을 잘 듣지 않는다. 오늘은 어떤 기관사님이 운행하는 열차일까, 혹여나 선물 같은 방송을 놓치진 않을까 하는 생각에 안내 방송에 귀를 기울인다. 창 밖 풍경이 보이는 구간에서는 휴대폰의 작은 창 대신 고개를 들고 큰 창 밖 풍경을 꼭 바라본다. 고단한 하루 속에서도 풍경을 즐기는 여유를 잃지 않기 위해서.

따뜻한 안내 방송이 들려와도 우리는 기관사님께 바로 대답을 할 수 없다. 민원을 접수하는 문자가 활성화되어 있지만 해당 기관사님께 답을 드리기란 쉬운 일이 아니다. 그래서 내가 할 수 있는 방법은 기관사님의 말씀을 실천하고, 감사히 여기며 이렇게 글로 전하는 것뿐이다. 사소해보이는 그들의 짧은 한마디가 누군가에게는 따뜻한 일상의 한 장면으로 오래도록 기록되어 있다는 말을 덧붙이면서, 고맙습니다.

고맙습니다

Part 2

취향이 다르다고 해서
틀린 건 아니니까요

도망회고록

첫 정규직을 시작한 곳은 대행사다. 일의 강도가 높고 박봉과 야근이 난무하는 곳이지만 취준생이었던 나를 구원해 준 유일한 곳이라 큰 고민 없이 들어 갔다. 이미 대행사에서 인턴 경험도 해 봤기에 딱히 두려울 것도 없었고 동종업계에서 나름 선두주자를 달리던 곳이라 커리어를 쌓기에도 더할 나위 없이 좋은 곳이라 판단했던 것 같다. 입사 후 일 년간은 예상했던 대로 힘들었지만 한 사회의 구성원이 되었다는 소속감과 노동의 가치를 작게나마 인정받고 있다는 느낌을 들게 해준 귀여운 월급 덕분에 별다른 생각 없이 일에 집중할 수 있었다. 일이 재미있기도 했고.

점점 다른 생각이 들기 시작한 때는 3년 차에 접어들었을 때다. 조금씩 '이건 아니다'라는 신호가 깜빡이기 시작했는데 이놈의 일은 어찌 된 게 3년 차가 되어도 야근이 줄기는커녕 더 헤아릴 수 없이 많아지는 거다. 새벽 서너 시를 넘기는 일이 잦았고 퀭한 눈으로 겨우 잡아탄 택시에서는 "아유, 재밌게 놀다 가시나 봐요."라는 말을 수도 없이 들었다. 나중에는 반박할 에너지도 없어지더라. 그래도 야근은 그나마 참을 수 있는 축에 속했다. 월급이 밀리기 전까진.

예고라도 해주면 좋았으련만. 월급이 처음 밀리던 날은 다름 아닌 크리스마스 이브였다. 분명 들어와야 할 월급이 들어오지 않자 불안한 마음에 동기들과 설마설마하며 수군대고 있는데 죄송하게도 오늘 월급을 지급해드릴 수 없다는 전체 쪽지가 날라왔다. 그 쪽지를 바라보고 느꼈던 황망함은 아직도 잊을 수가 없다. 때를 놓쳐버린 월급은 그 주가 지나고서야 들어왔지만, 가장 낮은 직급인 사원부터 우선

지급이 되었고, 그다음 달에는 급여의 70%만 지급 가능하다는 쪽지로, 또 그다음 달에는 이번에도 늦어져서 죄송하다는 핑계로 자꾸만 원치 않은 편지가 이자처럼 함께 붙어 왔다.

불행은 계속 불행을 낳는 걸까. 엎친 데 덮친 격으로 법인 카드까지 막혀 사업을 운영할 수 있는 회사 자금이 한 푼도 남지 않는 순간마저 오고야 말았다. 어떻게든 클라이언트와의 약속을 지켜야 했던 우리는 개인 카드로 사업을 치는, 그야말로 웃지도 울지도 못하는 최악의 시기를 맞이했다. 이렇게 글로 써 놓고 보니 참 비참하다 싶지만, 더 비참한 일은 따로 있다.

그날도 어김없이 새벽 퇴근 후 택시에 거의 반쯤 누운 채로 집에 가던 중이었다. 한숨 푹 자고 일어나 출근하고 싶은데 아무리 머리를 굴려봐도 내가 잘 수 있는 시간은 세 시간 남짓. 이럴 거면 집에 가는 의미가 있나 싶던 찰나, 갑자기 이런 생각이 드는 거다. '지금 교통사고가 난다면 한 일주일은 푹 잘 수 있지 않을까? 그럼 회사도 안 가고 좋을 텐데.' 아주 짧은 순간, 달콤한 상상을 했다는 생각과 동시에 육성으로 "미쳤다!"가 튀어나왔다. 그리고 정신이 번쩍 차려졌다. 내가 지금 우울증일 수 있겠구나. 내 상태가 많이 안 좋구나. 처음 제대로 인지한 순간이었다.

정신을 차린 다음 날, 종이에 하나씩 써 봤다. 내가 이 회사에 있음으로 인해 얻을 수 있는 이점과 아닌 점. 역시나 아닌 점이 빼곡하게 채워졌다. 더 이상 남아있을 이유가 없었다. 나는 도망쳐야만 했다. 적어도 월급이 밀리지 않는 곳으로. 노동의 가치를 '제대로' 인정받고, 사람답게 살 수 있는 곳으로. 눈앞에 생지옥이 펼쳐져 있는데도 그럭저럭 지옥에 적응한 채 살아가던 나는 어떻게 도망을 쳐야 하는지도, 도망이라는 옵션이 있는지도 몰랐지만 상상조차 해서는 안 될 끔찍한 상상을 하면서 비로소 도망쳐야 할 때임을 깨달았다. 없는 시간을 쪼개 이력서를 쓰고 면접을 보러 다녔다. 불행이 반복되지 않게 회사의 재정을 우선순위로 따졌다. 그리고 결국 원하던 회사에 운 좋게 합격을 하면서 나의 첫 도망은 성공적일 수 있었다.

그때의 도망은 나를 더욱 단단하게 만들어줬다. 첫 회사에서 3년 이상을 버티지 못해 도망쳤지만 큰일이 일어나기는커녕, 되려 삶이 더욱 나은 방향으로 흘러갔기에 도망의 순기능을 체득했기 때문인 것 같다. 물론 그렇다고 갑자기 장밋빛 인생이 펼쳐진 것은 아니다. 그 후에도 여러 회사를 다니며 역시나 힘든 순간은 많았지만, 적어도 환경이 조금씩 개선되어 나갔다고나 할까. 게다가 인생이 흙빛으로 굴러가고 있다면 인생의 기어를 내가 직접 바꾸면 된다는 단순한 깨달음을 얻은 것만으로도 알 수 없는 기운이 넘쳤다. "사람은 행복하기로 마음먹은 만큼 행복하다."는 명언을 완벽하게 이해했던 때도 그때다.

나의 온 에너지를 모두 쏟아부어도 돌아오는 게 하나도 없거나, 아무리 노력해도 내 삶이 어느 것 하나 행복하지 않을 때. 나는 그때를 떠올리며 조금씩 도망치는 삶을 살고 있다. 나에게 맞지 않는 게 무엇인지, 내가 견딜 수 없는 삶이란 어떤 것인지 알게 되었다면 그뿐이다. 미련은 접어둔 채 최대한 신중하게 도망치려고 노력한다. 그래야 더 나은 삶을 빨리 만날 수 있을 테니까. 반복되는 불행을 피하고 싶다면 도망쳐보자. 최대한 빠르게, 멀리, 내가 가고 싶은 방향으로.

나의 파스타 연대기

　시작은 드라마 〈파스타〉였다. 많은 내 또래들이
이 드라마를 통해 '알리오 올리오'에 입문했으리라.
드라마를 보던 당시, 나는 취업을 준비하던 백수였고
집에 올리브유와 마늘쯤은 있었다. 이름을 처음 접했
던 페퍼론치노는 청양고추로 맛을 내면 될 일. 한번
따라 해 보자는 마음으로 알리오 올리오를 가볍게
만들어 봤다. 역시나 맛이 없었다. 모든 재료들이 겉
도는 밍밍한 맛과 이빨에 들러붙을 정도로 딱딱한 면
의 식감에 고개가 갸우뚱. 제대로 된 알리오 올리오
는 얼마나 맛있길래 이선균은 저렇게 호통을 치고 공
효진은 그 맛에 미간을 저리도 찌푸리는 걸까.

드라마를 보면서 여러 차례 더 시도해 봤지만 늘 만족스럽지 못했고 호기심이 사라져 갈 때쯤 취업을 하여 서울로 올라왔다. 직접 번 돈으로 사 먹은 음식 중 가장 값비싼 음식이 뭐였는지 정확하게 기억나지는 않지만, 만 원이 훌쩍 넘는 알리오 올리오를 처음 사 먹고 충격에 휩싸였던 순간만큼은 또렷이 기억난다. "아니, 어떻게 이런 맛이 나지?" 제대로 된 알리오 올리오를 처음 먹어본 나는 흡사 공효진에 빙의된 듯했다. 물론 미간만.

올리브 오일에 흠뻑 젖은 마늘이 뭉근하게 끓어오르며 마늘이 낼 수 있는 최대치의 향을 뿜어내고 그 속에 알싸하게 느껴지는 페퍼론치노의 매콤한 향. 그리고 그 모든 향을 알맞게 흡수한 파스타 면이 입 안에서 휘몰아칠 때 차오르는 행복감. 알리오 올리오는 그날부터 내 인생 파스타가 됐다. 그래서 다시 만들어보기 시작했다. 사 먹는 것만으로도 충분히 행복했지만 이왕이면 더 싼 값에 자주 먹고 싶었기 때문이다. 게다가 재료 자체는 여전히 간단하니까, 계속 만들다 보면 언젠가 나도 그 맛을 낼 수 있지 않을까 하는 막연한 기대와 함께.

맛집 사장님께 너스레를 떨며 레시피를 여쭤 보기도 하고 유튜브를 보고 이것저것 따라 해 보며 꾸준히 몇 년간 알리오 올리오와 가까이 지냈다. 거의 매주 주말마다 파스타를 만들어 먹었으니 "일요일은 내가 파스타 요리사!"라고 외칠 수 있을 지경이었다. 기본적인 맛을 내기 시작한 이후로는 좋아하는 재료들을 다양하게 넣어보며 이런저런 시도도 많이 해 봤다.

몇 년의 세월이 흘렀을까. 정확하게 가늠하기는 어렵지만 나는 이제 고급 레스토랑이 부럽지 않을 정도로 제법 맛을 낸다. 드라마 〈파스타〉의 셰프 이선균이 내 파스타를 먹고 다시 가져오라고 호통을 칠지도 모르겠지만, 적어도 내 입에 꼭 맞는 파스타를 직접 만들 수 있게 된 것은 분명 인생의 큰 기쁨이다.

돌아보니, 이런 경지에 이르게 된 데는 스스로를 재촉하지 않았기 때문에 가능했던 것 같다. 초반에 숱한 실패를 하면서도 크게 짜증을 낸 적이 없다. 면이 덜 익었다면 다음에는 시간을 제대로 맞춰보자는 다짐을, 간은 맞는데 감칠맛이 부족하다면 감칠맛을 더하는 재료를 찾아보자는 마음으로 여유롭게 생각하며 조금씩 개선점을 찾아 나갔다.

파스타 하나에 이렇게 진지할 일인가 싶겠지만 좋아하는 일을 오래 하고 싶다면 잘하는 것보다 '오래'에 초점을 맞춰야 한다고 생각한다. 오래 하기로 마음먹었다면 나와의 합을 꾸준히, 천천히 맞춰 나가보는 것이다. 그리고 그런 시간들이 켜켜이 쌓이다 보면 좋아하던 일이 어느새 잘하는 일로 느껴지는 충만한 순간이 찾아올지도 모른다. 그저 흥미에 불과했던 파스타가 내게 아주 값진 특기가 된 것처럼 말이다. 글을 쓰다 보니 배가 고파진다. 오늘 점심은 알리오 올리오를 먹어야겠다.

이야기를 들어주는 것만으로도

나는 낯선 사람과 대화를 잘하는 편이다. 타고난 기질 탓도 있겠지만 20대 중반에 겪었던 한 경험의 영향이 크다. 고향에서 명절을 보내고 서울로 올라오던 버스 안이었다. 꽉 막힌 고속도로 위에서 멍하니 시간을 보내고 있는데 옆자리 아주머니께서 대뜸 내게 말을 걸어 오셨다. 정확히 뭐라고 말씀을 시작하셨는지는 기억나지 않지만 평범한 일상 이야기였던 것 같다. 산청에서 과수원을 하신다는 이야기. 때때로 곶감도 말리고 표고버섯도 말려서 내다 팔기도 한다는 이야기. 자식들 보러 서울로 직접 올라가는 길이라는 것 등등.

어두컴컴한 버스 안에서 딱히 할 일도 없었고 마침 심심했기에 이야기를 쭉 들어드렸다. 신나게 이야기를 하시는 아주머니의 반짝이는 눈빛이 내 마음을 움직였기 때문인 것 같다. 한참을 들어드리다 보니 장소는 버스에서 지하철로 이동됐는데, 결국 내가 먼저 내려야 하는 순간이 오고야 말았다. 그러자 아주머니는 아쉬운 표정과 함께 내게 연신 고맙다며 연락처와 주소를 꼭 알려 달라고 하셨다. 그냥 감사 인사 정도 보내시겠거니 했는데, 며칠 뒤 고마움의 표시라며 말린 표고버섯과 곶감을 한 상자씩 집으로 보내주셨다.

비슷한 경험은 이후에도 있었다. 출장 후 서울로 돌아오던 기차 안에서 옆자리 할머니께서 이어폰 스펀지 한 쪽을 잃어버려 구원의 눈빛을 보내시기에 함께 찾아드린 적이 있다. 의자 밑에서 스펀지를 찾아드린 뒤 머쓱하게 자세를 고쳐 앉고 음악을 들으려 하는데, 갑자기 가방에서 캐러멜과 사탕을 한 주먹 꺼내 건네주시는 거다. 왠지 받아서 바로 먹지 않으면 안 될 것 같아 사탕 하나를 입에 넣는데 할머니께서 내게 호기심 어린 눈빛으로 이것저것 물으시면서 자연스럽게 대화가 시작됐다.

할머니는 이야기를 참 맛깔나게 하시는 분이었다. 대부분의 이야기는 물론 자식에 관한 내용이었지만 이야깃거리가 매우 풍부하고 다채로웠다. 나도 모르게 맞장구를 치며 이야기를 듣다 보니 또 어느새 종착역이 다가왔고 나는 안전하게 잘 가시라 인사를 드렸다. 잠시 머뭇거리던 할머니는 내게 말동무 해줘서 고맙다 말씀하시며 본인의 연락처를 알려주셨다. 나중에라도 연락 주면 직접 만든 낫토와 쑥차를 꼭 보내주겠다는 말씀과 함께. 물론 따로 연락 드리지는 않았지만 나는 그날 할머니의 마음을 선물로 받았다.

단지 이야기를 들어준 것뿐인데 내게 그 이상의 고마움을 표현하는 사람들. 분명 큰 어려움이 들지 않는 일이었는데 집 가는 길 내내 알 수 없는 따뜻한 기운에 사로잡혔었다. 그 순간으로 위로를 받은 건 그들일까, 나일까. 아마 모두에게 해당되는 일이겠지.

잘 듣는 것만으로도 위로가 된다. 화려한 언변이나 별 다른 호응 없이 가만히 귀를 열고 조용히 듣기만 해도 누군가의 마음을 치유해줄 수 있다. 박준 작가의 책《운다고 달라지는 일은 아무것도 없겠지만》에서 인상 깊었던 구절 하나가 떠오른다. "자신이 말을 하는 시간과 상대방의 말을 듣는 시간이 사이좋게 얽힐 때 좋은 대화가 탄생하는 것이라 나는 그때 김선생님을 통해 배웠다."

처음 만난 아주머니와 할머니와 나눴던 따뜻한 대화의 온기. 우연찮게 심었던 선한 행동의 씨앗 하나가 내게 오래도록 좋은 기운을 나눠주고 있다. 잔상이 오래 남는 선한 기운은 대개 작은 행동에서 시작된다고 믿는다. 적어도 나는 그렇게 살아가고 있다.

한 번의 스침, 오래가는 기억

잘 사는 기분

　잘 산다는 건 뭘까. 친구랑 문자를 주고받다가 이런 대화를 마주했다. "아침에 30분 일찍 일어나서 밥 챙겨먹고 출근하면 잘 사는 기분 들고 좋더라." 그 말에 나는 어떨 때 '잘 사는 기분'을 느끼는지 곰곰이 생각해봤다.

　나는 요리에 쓸 채소를 미리 다듬어 놓을 때 잘 사는 기분이 든다. 매일 혼자 먹는 밥이지만 나를 위해 정성스럽게 차려 먹을 때도 잘 사는 기분이 든다. 주말에 옷 정리를 몰아서 할 때, 운동 시간을 한 시간 꽉 채웠을 때, 책 읽다 잠들 때 '나 좀 잘 살고 있네?'하는 감정이 느껴진다.

각자마다 잘 사는 기분을 느끼는 순간은 다를 것
이다. 누군가에게는 반려동물을 살뜰히 챙기는 마음
이 될 수도 있고 가족을 위해 최선을 다해 하루를 보
내는 순간들이 될 수도 있다. 하지만 하루를 치열하
게 살다 보면, 일상의 모든 순간에서 그런 기분을 느
끼기 어려울 때도 많다. 기분을 느끼기는커녕 눈앞에
닥친 일들을 처리하느라 기분 따위 신경 쓸 겨를도
없이 하루를 마감하는 경우가 허다하다.

밥 먹듯 야근하던 시절, 빨래를 돌릴 시간이 없
어 전날 신었던 양말을 빨래통에서 다시 꺼내 신으며
생각했었다. '하. 좀 제대로, 잘 살고 싶다.' 일에 치여
물리적인 시간이 부족했던 건 사실이지만 조금만 노
력하면 어려운 일도 아니었다. 몸도 마음도 지쳤다는
핑계로 누워만 있을 게 아니라, 내 몸이 활력을 찾을
수 있게 운동을 해주고 마음에도 귀를 기울여 내가

행복해질 수 있는 소소한 일상의 순간들을 만들어
줬다면 어땠을까.

　요즘은 전보다 잘 사는 기분을 자주 의식하며 살
아가고 있다. 정말 사소한 순간이라도 꾸준히 쌓아
나가다 보면 정말 '잘 사는 나'를 마주할 수 있을지도
모르니까. 그래서 잘 사는 기분은 정말이지 중요하
다. 쌓여 가는 그 기분만으로도 우리는 정말 잘 살아
갈 수 있다고 믿는다.

"배불러 죽겠다" 대신에

"맛있게 자알~ 먹었다."

"너무 많이 자버렸다" 보다

"푹~ 잘 잤다"라고 스스로에게 말하기.

음~맛있다!
하면서 먹으면
더 맛있다잉

응!

어릴 적부터 엄마에게
배워온 긍정 화법.

내가 했지만
진짜 맛있네

숙회야
오늘도 참~
잘 살았다

엄마는 아직도 본인에게
예쁘고 고운 말들을 습관처럼 들려준다.

할수있어!   잘하고있어!

내가 나에게
매일 어떤 말을 들려주는지도 중요하다.

나만큼은 내 편이어야 하니까.

그래야 건강한 '나'로 잘 살아갈 수 있을 테니까

버스 기사님들을 통해 배운 것

버스를 타고 가다 신기한 모습을 마주한 적이 있다. 맞은편에 지나가는 버스 기사님과 내가 탄 버스 기사님이 서로 너무 해맑게 인사를 나누시던 것. 같은 노선의 버스 기사님들끼리 인사를 나누는 모습은 흔하게 볼 수 있는 풍경이었는데 그날은 조금 달랐다. 마치 오랜만에 만난 친구에게 반가운 인사를 전하듯 너무나도 밝고 세차게 손을 흔들며 "안녕!"이라고 하셨기 때문이다.

그 짧은 순간에 많은 생각이 스쳤다. 저렇게까지 밝게 인사하실 일인가? 아니, 그것보다 왜 내 기분이 갑자기 좋아지는 거지? 비슷한 경험은 며칠 뒤에도 있었다. 내리는 승객들에게 정거장마다 "감사합니다! 안녕히 가세요! 좋은 하루 되세요!"라고 크게 외치며 인사하는 기사님을 만나게 된 거다. 갑작스러운 기사님의 인사에 대부분의 승객들은 살짝 당황한 듯했지만, 에너지 넘치는 인사 덕분에 이내 버스에 활력이 도는 걸 느낄 수 있었다.

내가 두 경험을 지금까지 잊지 않고 신기하게 생각하는 이유는 무엇일까. 버스 기사님들은 대부분 무뚝뚝한 줄 알았는데 그렇지 않은 분들을 만났기 때문에? 아니면 단순한 인사로 기분이 좋아지는 생경한 경험을 해서? 둘 다 해당되는 일이겠지만 특히 두 번째 이유가 강했던 것 같다. 인사의 중요성을 배운 지 한참 지난 어른이지만, 작은 인사 하나를 건네는 것만으로도 하루가 행복해질 수 있다는 걸 버스 기사님들을 통해 다시 한번 제대로 배웠다.

별것 아닌 것처럼 보이는 인사가 사실은, 건네는 사람에게도 받는 사람에게도 밝은 기운을 전해준다. 매일 똑같이 굴러가는 일상을 환하게 만드는 가장 쉽고 빠른 방법은 기사님들처럼 기운 넘치는 인사를 모두에게 건네는 것. 인사는 결국 나를 위해 하는 것일 테니까. 그래서 나는 오늘도 만나는 모든 이들에게 밝은 인사를 건네려고 노력한다. 조금 부끄럽고 낯간지러워도 내 기분에 조금씩 햇살이 드리워지는 걸 보면 왠지 멈출 수가 없다.

모두의 미소를 이끌어내는 순간의 용기

요리에 담긴 마음

음식을 남기지 않고 다 먹는 방법은 요리하는 과정을 지켜보는 것이다. 우리 엄마는 고등어 무조림을 만들기 위해 고구마 줄기부터 하나하나 다듬는다. 신문지를 깔고 쭈그려 앉아 줄기 끝에서부터 거친 부분을 벗겨낸다. 다슬깃국을 끓이기 위해서는 다슬기를 대야에 잔뜩 쌓아 놓고 이쑤시개로 일일이 돌려가며 깐다. 더 맛있는 반찬을 만들기 위해 간장과 액젓까지 직접 담는 수고를 묵묵히 해낸다.

그래서 엄마가 우리를 위해 요리하는 모습을 처음부터 쭉 지켜보고 있노라면 어쩐지 마음이 뭉클해진다. 국을 먹을 때마다 메인이 아니라고 생각했던 무와 파 같은 부재료들도 하나하나 다듬고 썰어낸, 엄마의 손길이 모두 스쳐 지나간 재료들이라 생각하니 파 한 조각조차 허투루 남길 수가 없다. 힘들게 담아낸 엄마의 정성을 반만 받고 반은 버리는 것처럼 느껴져 아무리 배가 불러도 다 먹을 수밖에 없게 된다.

누군가를 위해 요리를 하는 마음에는 값을 매길 수 없는 정성이라는 재료가 들어간다는 것을 모두가 알지만, 실제로 요리하는 모습을 처음부터 끝까지 지켜보아야만 비로소 그 사실을 온 마음으로 깨달을 수 있다. 요리하는 과정을 조용히 지켜본 뒤 음식을 마주하는 것. 정성을 다한 이의 마음에 화답하는 나만의 방법이다.

감사히 잘 먹겠습니다

호랑이가 무섭지 않은 어른

어린 아이들을 통해 얻는 배움이 유독 더 놀랍거나 특별하게 느껴지는 때가 있다. 2013년이었다. 당시 내가 다니던 회사의 팀장님은 일과 육아를 병행하는 분이셨는데 일이 늦어지거나 저녁 회식이 있을 때면 종종 아빠와 아이가 함께 회사를 찾아오곤 했었다. 그날도 퇴근 후, 가벼운 회식이 이어졌고 마침 근처에서 집으로 가고 있던 팀장님 남편분과 아이를 중간에서 만나게 됐다. 여러 번 얼굴을 익혔던 사이였기에 자연스럽게 길을 걸으며 아이와 대화를 나눴다.

열 시를 훌쩍 넘긴 시간이었고 골목길이 꽤 어두

위 네 살밖에 되지 않은 아이에게 이 순간이 꽤 무서울 것만 같았다. 나는 어린 아이들과 대화를 많이 해본 적이 없어 조금 어색했지만 최대한 아이의 눈높이에 맞춰 어두컴컴하고 까만 밤이 무섭지 않느냐는 질문으로 조심스레 운을 뗐다. 걱정하지 않아도 된다고 안심시켜줄 요량이었다. 그런데 팀장님이 갑자기 "그래, 성백아. 호랑이가 갑자기 어흥 하고 나타나면 어떡할래?" 하고 물으시는 거다. 아직 네 살이면 호랑이의 존재가 꽤 무서울 법도 한데 너무 겁을 주시는 거 아닌가 하고 걱정하던 찰나, 아이는 고민 없이 해맑게 웃으며 대답했다. "응~ 괜찮아! 호랑이 나타나면 내가 사랑해~ 하고 안아주면 돼!"

그 대답을 듣는 순간, 나는 무장해제 될 수밖에 없었다. 분명 호랑이가 "어흥!"하고 나타난다고 했는데, 무서운 이빨이나 공격적인 포효 따위 아랑곳하지 않고 사랑으로 보듬어줄 생각을 먼저 하다니. 아이의 미치도록 사랑스러운 대답에 나는 너무 충격을 받아

한동안 주변 사람들에게 그날의 일을 계속해서 들려
주곤 했었다.

팀장님은 늘 회사 일이 바빠 아이에게 제대로 신
경을 써주지 못하는 것 같다며 자주 걱정하던 분이
었다. 하지만 나는 그날 알 수 있었다. 아이에게 온종
일 시간을 쏟아 부어야만 사랑을 전할 수 있는 건 아
니라는 것을. 팀장님은 이미 그만의 방식으로 충분
한 사랑과 보살핌을 주고 계셨던 것이다. 물론 내가
육아 전문가는 아니지만, 그날 들었던 아이의 대답에
부모의 사랑이 듬뿍 담겨있음을 느낄 수 있었다.

여러 해가 바뀌고 시간이 흘러 어느 지인의 결혼
식에 참석했다가 팀장님과 초등학생이 되어버린 아
이를 오랜만에 다시 만났다. 나는 반가운 마음에 그
날의 이야기를 다시 한번 들려주었지만 아이는 수줍
게 웃으며 기억이 잘 나지 않는다고 했다. 팀장님께서
도 옅은 웃음과 함께 그런 일이 있었느냐며 갸우뚱해

하셨다. 내 기억에만 남아있다는 게 조금 아쉽긴 했지만 나라도 잊지 않고 이야기를 다시 전해줄 수 있어 기뻤다.

나는 결혼도 하지 않았고 아이도 없지만 그날 아이와 나눴던 대화를 종종 떠올리고 곱씹는다. 언젠가 아이를 키우게 된다면 꼭 실천해보고 싶은 배움이기 때문일 것이다. 부모의 사랑을 담뿍 받으며 자라온 아이들에게 그깟 호랑이쯤은 무서운 존재가 아닐지도 모른다. 호랑이가 무섭긴 해도 결국 사랑보다 더 힘이 센 건 없다는 걸 이미 알고 있었기 때문인지도. 충만한 사랑을 받고 주변에도 아낌없이 나눠줄 앞으로의 성백이 모습이 기대된다. 그리고 내게 소중한 기억과 배움을 선물해 준 팀장님과 성백이에게 참으로 고맙다는 말을 전하고 싶다.

말이 사라진 자리에

회사에서 면접관을 한 적이 있다. 수많은 지원자 중 나와 함께 일할 인턴 직원을 뽑아야 했는데 서류 상으로는 눈에 띄지 않던 지원자가 면접에서는 달리 보이는 경험을 했다. 마찬가지로 서류에서는 기대가 컸던 지원자에게 면접에서는 아무런 매력을 느끼지 못했던 순간도 있었다.

면접뿐 아니라, 함께 일했던 동료와도 비슷한 경험은 이어졌다. 일을 잘한다고는 하지만 묘하게 뾰족했던 사람. 늘 웃는 것 같아 보여도 어딘가 모르게 불편한 공기를 만들던 사람. 시간이 흐르고 돌아보니,

결국 좋은 인상으로 남았던 사람들은 공통적으로 태도가 좋았던 사람들이었다. 그리고 그런 사람들은 대개 업무 능력 또한 뛰어났다.

태도는 몸의 동작이나 몸을 가누는 모양새를 뜻한다. 아무리 뛰어난 언변을 갖고 있어도, 아무리 업무적 스킬이 남달라도 몸을 통해 드러나는 몸가짐은 그 어떤 것보다 잔상이 길게 남는다. 대화 도중 눈을 잘 마주치지 않는다거나, 건들거리며 상대방을 불편하게 한다거나, 대화의 진심을 느낄 수 없게 만드는 무언의 태도들. 반대로 온 마음을 다해 내 이야기에 귀를 기울여주는 몸짓, 특별한 말을 하지 않아도 '이 사람은 내 편이구나.'라는 걸 느낄 수 있게 만드는 따뜻한 눈빛들.

시간이 흘러 말이 사라지고 나면 그런 태도들이 그 사람을 기억하는 한 장면이 되어 그 자리에 고스란히 남는다. 엄마에게 혼난 이유는 정확하게 기억하

지 못해도 엄마의 화난 표정과 몸짓 때문에 그 순간
이 인생에서 가장 슬펐던 순간이라 말하는 어린 아
이들처럼.

나는 사람들에게 어떤 태도를 가진 사람으로 남
아있을까. 지나온 나의 행적들을 바꿀 수는 없겠지만
'결국 남는 건 태도'라는 문장을 마음속에 꾹 눌러
새긴 채 삶을 대하고 싶다. 태도가 따뜻한 사람들 곁
에 오래도록 남기 위해 늘 단정하고 바른 몸가짐으로
살아가고 싶다.

나는 어떤 태도를 가진 사람으로 남아 있을까

나를 아낀다는 것

아무것도 하기 싫은 날이 오늘도 어김없이 찾아왔다. 하는 수 없이 출근은 했지만 하루 중 쓸 수 있는 에너지는 진즉에 다 쓴지 오래. 휴대폰 배터리로 치면 4퍼센트 정도. 무거워진 몸을 이끌고 겨우 퇴근을 하던 중 집에 먹을 게 하나도 없다는 생각이 머리를 스치자 몸이 더욱 무거워지는 게 느껴진다. 바람 빠지듯 크게 내쉬는 한숨. 라면이나 끓여 먹어야겠다 생각하며 집에 도착해서는 괜히 냉장고 문을 한번 열어본다. 먹을 게 하나도 없는 줄 알았는데 내가 좋아하는 애호박과 두부가 있었다. 거창하게 뭘 해 먹지는 못하겠고 대충 잘라서 굽기라도 해 볼까.

라면보다 시간은 조금 더 걸리겠지만 라면 끓일 힘이 있다면 채소 정도는 구울 수 있을 것 같았다. 졸려서 흐리멍덩해진 눈에 힘을 주고 애호박을 숭덩숭덩 썰기 시작했다. 두부는 가지런히 썰어 계란물을 입혔다. 달궈진 프라이팬에 기름을 두르고 두부를 노릇노릇 구워내고 애호박은 소금, 후추만 뿌려 가볍게 구워 접시에 담아냈다. 맛있는 냄새가 온 집안을 채우니 없던 에너지도 솟아나는 기분이었다.

얼려 뒀던 밥을 데워 구운 애호박과 함께 크게 한입씩 먹기 시작했다. 따뜻한 국물 하나 없었지만 입 안 가득 퍼지는 채소의 온기에 나도 모르게 미간을 찌푸리며 "맛있다!"를 연발했다. 분명 거창하게 차려낸 식사가 아니었는데도 내가 이 따뜻함을 만들어냈다는 뿌듯함이 섞이면서 묘하게 스스로에게 위로를 받는 기분이 들었다. 그리고 방전됐던 배터리가 급속도로 충전되기 시작했다.

대충 때우자는 생각으로 라면을 끓여 먹었다면 어땠을까. 워낙 라면을 좋아하긴 하니 물론 맛있게 먹기야 했겠지만 오늘 하루 고생한 나에게 제대로 된 한 끼를 차려주지 못했다는 생각 때문에 '나 자신을 더 살뜰히 돌보지 못한 나'가 남았을 것 같다. 더부룩한 배도 옵션으로 따라왔을 테고.

아무것도 하기 싫은 날은 매 순간 반복된다. 하지만 그런 날이 열 번이라면, 하루 정도는 조금 더 힘을 내 나 자신을 아껴줄 무언가를 해보려고 한다. 그것이 구운 애호박이든, 어지럽혀진 방 청소든, 샤워 후 마음을 편안하게 해주는 향의 바디로션을 바르는 것이든. 무엇이든 간에 그런 사소한 것들이 분명 나를 구원해줄 것이라 믿는다.

나를 건강하게 잘 가꾸고 싶어

칭찬을 모읍니다

글짓기로 기억에 남는 수상을 한 적이 없다. 작가란 무릇 어릴 적부터 뛰어난 글솜씨로 수상을 휩쓸며 두각을 나타내는 경우가 많은데 나는 그런 면에서 전무하다. 그런데 나는 지금 글을, 책을 쓰고 있다. 어쩌다 이런 삶으로 흘러오게 됐는지 돌이켜 보자니 2012년, 페이스북에 썼던 글이 떠오른다.

"사람은 생각보다 아주 작은 것에서 감동을 받는다. 예를 들면, 정말 떨리고 긴장되는 순간에 상대방이 건네주는 진실된 용기의 한마디. 혹은 생각지 못한 사람에게서 듣는 칭찬. 그리고 말로 표현하지 못할 수많은 감동의 순간들. 그래서 사람에게는 그 작은 순간들이 소중하게 느껴지고 평생 잊을 수 없는 좋은 기억들로 남는 것 같다. 그런 작은 순간들이 모여 행복하게 살아갈 수 있는 원동력이 된다."

잘 쓰고 못쓰고를 떠나 이 글에 아주 어마어마한 댓글이 달렸다는 게 중요하다. "예슬이 니가 쓴 글들 항상 가슴 뭉클하담 ㅠㅠ" 나는 이 댓글을 수년 동안 몇 번이고 읽고 또 읽었다. 글짓기로 제대로 된 수상 한 번 받아본 적 없는 내게 짧은 이 한마디는 마치 상장과 같았다. 글을 계속 가까이 두게 하는 힘이었다.

이 외에도 "글이 따뜻해요."나 "톨스토이 해도 되겠다."는 유머러스한 댓글까지 모두 내가 잊지 않고 새겨두고 있는 나만의 상장들이다. 가끔 자존감이 떨어지거나 내가 가진 능력이 의심스러울 때마다 상장들을 꺼내 바라보며 깨닫는다. 그래, 나는 글을 잘 쓰는 사람이었어. 사람들의 마음을 움직이는 따뜻한 글을 잘 쓰는 사람이야, 난.

지나가다 가볍게 던졌을 수 있는 별 볼일 없어 보이는 문장들이 누군가에게는 삶의 지표가 될 만큼 영향력이 세다. 그래서 나는 내게 힘이 되는 말들을 습관적으로 모은다. 어릴 때는 출석만 잘 해도 상을 받으니 쉽게 우쭐할 수 있었지만, 어른이 되고 나면 칭찬으로부터 점점 멀어지기 때문이다.

"꼼꼼하게 가이드를 잘 줘서 같이 일하기 참 편했어요.""예슬 씨는 내가 본 사람 중 가장 추진력이 뛰어난 사람이에요.""같이 있으면 분위기가 밝아져서 좋아요.""예슬은 치우침이 없는 사람이야.""눈빛이 단단해 보여서 믿음이 간다." 등 살아가면서 힘이 되는 말들. 칭찬받던 모습 그대로 쭉 살아가고 싶게 만드는 따스한 말들.

기억력이 뛰어나지 않아도 괜찮다. 마음에 물결이 이는 말을 들었을 때 '이 순간을 절대 잊지 말아야지.' 하는 마음으로 조용히 기억의 셔터를 누른다. 때로는 일기장에 적어 보기도 하고 이렇게 글로 남기기도 하면서. 사람은 생각보다 아주 작은 것에서 감동을 받고, 평생 그 기억을 안고 살아가는 존재니까.

예쁜 풍경을 만나면 사진을 찍듯

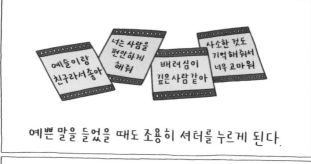

예슬이랑 친구라서 좋아

너는 사람을 편안하게 해줘

배려심이 깊은 사람 같아

사소한 것도 기억해줘서 너무 고마워

예쁜 말을 들었을 때도 조용히 셔터를 누르게 된다.

오래 간직하고 싶은 마음이 담았으므로.

나도 누군가에게 따뜻한 말을
아낌없이 건네는 사람이 되고 싶다

변화하지 않기 위한 변화

슬로베니아로 떠나는 비행기 티켓을 끊었다. 2018년 10월의 일이다. 직장인들이 으레 떠나는 유럽 여행처럼 보였겠지만 실은 그렇지 않았다. 당시 나는 일도 연애도 어느 것 하나 제대로 풀리지 않는 지독한 슬럼프를 겪고 있었다. 그래서 그 모든 것으로부터 잠시라도 단절되고 싶어 떠났다. 슬로베니아로 정한 이유는 역시나 한국인이 많이 가지 않는 여행지였기 때문이다.

도망치듯 잡아탄 비행기에 앉아 제일 먼저 한 일은 일기 쓰기였다. 슬로베니아로 떠나던 그날의 감정을 기록하고 싶어 이렇게 썼다. "또 도망이다. 하지만 나는 이 여행으로 변화를 기대하지 않는다. 변하지 않을 것이다. 여전히 사람들에게 사랑을 베풀고, 마음을 줄 것이다. 사랑을 표현하지 못하는 사람들을 안쓰러이 여기며 내가 가진 사랑에 더욱 최선을 다하겠다. 나는 단지 조금 더 나아갈 것이다."

문장에 사랑이라는 단어를 쓰긴 했지만, 그때를 돌아보면 분노의 감정이 떠오른다. 사랑한 사람에게 받은 상처, 내가 베푼 따뜻함이 싸늘하게 돌아오던 순간들, 그리고 한없이 작아져 버린 나. 도무지 나를 달랠 길이 없었다. 그래서 무작정 슬로베니아를 향해 떠났고 떠나는 길 위에서 변하지 않겠다는, 지금 보면 참 감성적인 다짐을 했던 거다.

한 번의 짧은 여행으로 큰 변화를 기대하기엔 어렵다는 것을 이미 잘 알고 있었을 텐데. 나는 변화가 아닌 회귀를 원하면서 역설적으로 결국 다시 원래의 모습으로 변화하기를 기대했던 것 같다. 여러 조각으로 흩어져 버린 나를 다시 찾아오는 것. 마음껏 사랑을 베풀며 쉽게 상처받지 않았던 원래의 단단했던 내 모습으로 말이다.

혼자 슬로베니아를 여행하면서 참 많은 친절을 받았다. 우여곡절 끝에 찾아간 어느 시골의 게스트하우스 주인 할머니는 영어를 한마디도 못하셨다. 운영을 맡은 딸이 잠시 자리를 비운 사이 내가 찾아온 터라 매우 당황해 하셨는데 손짓 발짓으로도 안 되자 대뜸 나를 부엌에 앉히고는 이름 모를 맛난 음료를 내주셨다. 그리고는 미소를 띤 채 계속 내게 무언가를 말씀하셨다. 언어는 통하지 않았지만 알 수 없는 따뜻함을 할머니께 느꼈던 것 같다.

도시를 이동하기 위해 깜깜한 새벽에 시골길을 나서 시외버스를 타야 했던 적도 있었는데, 신기하게도 내가 타야 할 버스는 근처 초등학교 통학버스를 병행하는 버스였다. 이런 경우가 처음이라 한참 혼란 스러워하고 있는데 여덟 살 정도 되어 보이는 남자아 이가 내게 맑은 눈으로 같이 버스를 타면 된다고 안 심 시켜줬다. 끝까지 긴장감을 놓지 못한 채 유일한 이방인으로 자리 잡고 있는데 버스를 탈 때마다 기사 님께 해맑게 인사하는 아이들을 보며 불안한 마음을 모두 내려놨던 기억이 난다.

경유지 폴란드에서는 인천행 비행기가 출발 직전 에 결항했다. 도착지가 한국이었으니 당연히 한국인 승객이 많아 그나마 불안함이 덜했지만 아무래도 혼 자라 외로웠다. 그런데 바로 옆, 나와 같은 처지의 동 성 친구가 있었고 누가 먼저랄 것도 없이 서로의 이야 기를 나누며 외로운 결항의 순간들을 함께 버텨냈다. 외로운 내 눈빛을 무시하지 않아준 그 친구에게 여전 히 고마움을 느낀다.

마음이 따뜻해지는 순간들이 많았기에 슬로베니

아 여행을 떠올리면 그곳에서 받은 수많은 친절들이 함께 떠오른다. 당연하게도 모두 내게 어떠한 대가를 바라는 친절이 아니었다. 덕분에 나는 떠날 때의 마음과는 다르게 훨씬 더 풍족해진 채 돌아올 수 있었다. 변화하지 않고자 했던, 그러나 궁극적으로는 본래의 나로 변화하기를 바랐던 소망은 이루어졌을까? 나는 이루어졌다고 본다. 떠나기 전에는 세상과 단절되고 싶어 했지만, 결국 또 다른 세상 속 사람들의 온정을 받으며 여행을 안전히 마무리할 수 있었고, 그 덕분에 내 안의 사랑이 차고 넘칠 만큼 다시 풍족해졌기 때문이다. 다소 식상하고 뻔한 이야기처럼 들리겠지만 어쩔 수 없다. 정말 사실이기에.

Part 3

취향 찾기를 멈추지 마세요

아이마다 속도가 다를 뿐입니다

나는 어릴 때 행동이 매우 느린 아이였다. 유치원 생 때 들고 다니던 알림장을 보면(물론 아직 남아있다) 또래 친구들보다 움직이는 속도가 느리다고 적혀 있고 점심 반찬으로 먹던 깍두기를 다 먹지 못해 집에 도착해서도 계속 질겅질겅 씹고 있었다고 한다. 그래서 유치원을 1년 더 다녔다. 선생님은 알림장에 나의 느린 행동을 적으면서도 행여나 우리 엄마가 걱정하지 않게 안심 문구를 추가해 놓으셨다. "아이마다 속도가 다를 뿐이니 걱정하지 않으셔도 됩니다."

유물과도 같은 알림장을 오랜만에 열어봤던 나

는, 그때 정말 내가 걱정되지 않았는지 물었고 엄마는 이렇게 답했다. "내가 니를 유치원에 일찍 보냈으니까 느린 건 당연하다고 생각하긴 했는데 밥 오랫동안 먹는 거는 처음에 좀 걱정되드라. 그래도 뭐, 그게 그냥 우리 딸 성향인갑다 하고 넘겼다! 좀 느리면 어떻노? 살아가는 데 아무 지장 없다."

집 가는 길 내내 씹고 있던 깍두기는 생각나지 않지만, 음식을 오래도록 씹고 있던 나를 걱정하며 쳐다보던 엄마의 눈빛은 어렴풋이 기억난다. 하지만 엄마는 나를 끝까지 기다려주셨다. 천천히 꼭꼭 씹어 먹는 게 건강에 좋다며 용기도 북돋아 주면서.

나는 아직도 밥을 천천히 먹는다. 사회생활을 시작하면서 밥을 빨리 먹어야 하는 상황에도 많이 처해봤지만 습관을 바꾸는 건 역시 쉽지 않았다. 그래서 내가 택한 방법은 미리 양해를 구하는 것이었다. 아주 긴박한 상황이 아니라면 대부분의 사람들은 너그러이 이해해준다. 어린 시절 우리 엄마처럼 천천히 먹는 게 건강에 좋다며 괜찮다는 말과 함께.

성인이 되고 내 식사 속도가 느리다는 걸 알게 됐을 때는 스스로를 탓한 적도 많았다. 하지만 아무리 노력해 봐도 체하는 일이 다반사였고, 무엇보다 행복해야 할 식사 시간에 스트레스를 받는 게 너무 힘들었다. 주변 사람들에게 내 성향을 알리고 미리 양해를 구하기까지 쉽지는 않았지만, 사람들은 생각보다 관대했다. 엄마 말대로 살아가는 데 정말 아무런 지장이 없었다.

우리는 살면서 나와 다른 사람들을 숱하게 만난다. 다르기 때문에 매력을 느끼기도 하고 다르기 때문에 다투기도 한다. 하나 마나 한 뻔한 말로 들리겠지만 서로를 쉽게 이해하는 일은 생각보다 뻔하게 일어나지 않는다. 때문에, 다투는 일보다 서로를 이해하는 일이 정말 더 많았으면 하는 마음이다. 아이마다 속도가 다를 뿐이니 안심해도 된다는 유치원 선생님의 따뜻한 한마디처럼, 부디 많은 사람들이 조금 다르더라도 각자의 성향을 받아들이고 여유롭게 넘길 수 있는 넓은 마음을 가질 수 있기를. 우리는 결국, 모두 다른 존재들이니까.

완벽하게 타이핑된 인생은 없으니까

'오늘은 잊지 못할 하루가 될 것 같아.' 정확히 그렇게 느껴지는 날이 있다. 제주에서의 그날이 그랬다. 첫 회사에서 인연을 맺었던 과장님이 운영하시는 글쓰기 작업실을 찾아갔던 날. 나는 그날이 평생잊지 못할 순간으로 남을 것이라는 걸 확신할 수 있었다.

2015년 말에 퇴사를 했으니 과장님과 연락이 닿지 않은 지는 6년이 다 되어가는 터였다. 흔한 안부문자조차 한 번 주고받지 않은 채 6년이 흘렀다면 꽤멀어졌을 법도 한데 나는 과장님과 묘한 내적 친밀감을 '혼자' 느끼고 있었다. SNS 덕분이었을 것이다. 내가 동경하는 '글쓰기'를 업으로 삼으며 '제주에서의 삶'을 살고 계신 모습을 지켜보면서 언젠가는 꼭 과장님을 찾아가 두 눈을 맞추고 이야기를 나누고 싶다는 꿈을 갖고 있었기 때문이다.

떨리는 마음으로 예약 플랫폼을 통해 예약을 하고 미리 연락 드리지 않은 채 불쑥 찾아갔다. 서로 SNS 팔로우는 되어 있지만 혹여나 나를 기억하지 못하거나 어색해하시면 어떡하나 하는 마음이 있었는데 역시나 기우였다. 작업실 문을 열자마자 내 이름을 부르며 환하게 맞이해주시는 미소를 보고 다시 한번 생각했다. 잊지 못할 하루의 순간은 이렇게 시작되는구나.

예약제로 시간이 정해진 채 운영되는 곳이라 짧은 인사를 뒤로 하고 과장님의 설명을 따라 타자기 체험 겸 글쓰기를 시작했다. 그런데 타자기는 내가 생각했던 것과 많이 달랐다. 아니, 어쩌면 아무런 생각을 해본 적 없다는 게 더 정확할 수 있겠다. 2벌식 타자기로 한 음절을 정확하게 쓰는 게 이토록 어려운 일인지 몰랐다. 더불어, 수동식 타자기에는 당연하게도 삭제 버튼이 없었다. '철컹'하고 종이에 활자가 찍히는 순간 그것으로 끝이었다. 오타가 찍혀도 어쩔 수 없이 다음 문장으로 넘어가야 할 뿐이었다.

평소 오타 내는 걸 끔찍이도 싫어하는 내겐 그야말로 고역이었다. 설명을 들은 대로 한 글자 한 글자 신중하게 타이핑을 해 봐도 익숙하지 않은 타자기 앞에서 나는 걸음마를 제때 떼지 못한 아이처럼 엉거주춤 대느라 바빴다. 오타가 하나씩 날 때마다 짧은 탄식이 이어졌다. "아, 망했어. 또 틀렸어." 어렵사리 찾아온 제주에서, 그리고 꿈에 그리던 과장님의 공간에서 멋지게 이런 저런 글을 써보고 싶었는데 도무지 속도가 나질 않아 속상했다.

그러던 중 과장님이 나지막이 내게 틀려도 괜찮다는 말을 해줬다. 틀려 봤자 고작 타이핑일 뿐이라고. 조금 틀려도, 참 신기하게 모든 글은 결국 잘 읽힌다는 게 얼마나 매력적이냐는 말과 함께. 그 말을 듣고 나니 신기하게도 불안했던 마음이 가라앉으며 오타에 의연할 수 있게 됐다. 잘못 찍힌 활자가 야속하기만 했는데 어느 정도 받아들이고 나니 또 다른 매력으로 느껴지기 시작했다. 결국 지나간 오타에 마음 쓰지 않고 앞으로 쭉 나아가며 원하던 문장을 마무리 지을 수 있었다.

나는 그날, 타이핑 하나로 인생의 큰 깨우침을 얻게 됐다. '철컹'하고 활자가 찍히는 순간 다시 뒤로 돌아갈 수 없다는 점에서 타자기가 우리 인생과 너무나 닮아 있다는 생각을 했기 때문이다. 모두가 늘 완벽을 꿈꾸지만 살아가는 한 우리는 실수투성이일 수밖에 없고, 그 실수가 부끄러워 몸부림치다가도 결국 다시 나아가는 것밖에 선택지가 없는 인생. 작업실에 붙어있던 정희재 작가의 책《다시 소중한 것들이 말을 건다》속 문장처럼 "완벽한 필기, 완벽한 삶, 완벽한 자신이라는 것은 허상에 불과하다."는 것을 몸소 깨달았다.

문장에 잘못 찍힌 글자가 있어도 문장의 맥락을 이해하는 데에는 큰 지장이 없다. 때로는 잠깐의 덜컹거림이 글을 더 집중해서 읽게 만드는 요소가 될지도 모른다. 인생도 마찬가지다. 살면서 많은 실수를 하지만 그렇다고 인생이 쉽게 망가지지는 않는다. 딛고 나아가면 오히려 더 빛날 수 있다.

그러니 조금은 더 나에게 너그러운 사람이 되어야지. 그래야 멈추지 않고 앞으로 더 나아갈 수 있을 테니까. 어리숙한 단어와 문장들을 쌓고 또 쌓다 보면 언젠가는 마음에 쏙 드는 나만의 문장을 완성시킬 수 있을지도 모른다는 마음으로, 조금 틀려도 괜찮아.

취향과 돈은 비례하나요?

　　그림을 그리기 시작한 후로 안 보이던 게 보이기 시작했다. 색감, 선의 굵기나 종류, 전체 분위기를 잡아주는 질감, 작가의 시선이 느껴지는 구도, 어떤 의도로 그렸을까 하는 나름의 추리까지. 그림을 기초부터 제대로 배워본 적이 없어서 무작정 그리며 뒤늦게 이론적인 부분을 알게 된 편인데 그래서인지 오히려 그 과정이 더 흥미롭다. 계속 그림 생각만 할 때는 눈앞에 있는 사물을, 인물을 그림으로 어떻게 표현하면 좋을지 상상의 나래를 펼치느라 머릿속이 분주하기도 하다.

그게 비단 그림에만 해당되는 일일까. 요리에 한창 관심이 솟아날 때는 생전 관심도 없던 식재료나 요리법의 이론들이 그렇게 재미있을 수가 없고 경험해 본 와인의 종류가 늘어날수록 고급 레스토랑의 와인 메뉴판이 눈에 더 잘 들어오기 시작한다. 쌓이는 경험만큼 보는 눈이 달라지고 취향의 범위가 확장되며 깊어진다. 하지만 경험에는 그에 응당한 지출이 있게 마련이라 주머니 사정이 넉넉하지 않은 사람은 그만큼 경험의 폭이 줄어들 수밖에 없다. 고로, 취향을 쌓으려면 돈이 필요하다. 여기까지가 과거의 내가 했던 생각이다.

돈이 없는 사람은 취향도 없을까? 반대로 돈이 많은 사람은 덩달아 취향도 많은 것일까? 취향이 '소유'의 영역이라면 가능할 수 있겠지만 내가 생각하는 취향은 '사고'의 영역이다. 사전적 의미를 살펴봐도 "하고 싶은 마음이 생기는 방향."이라고 적혀있지, 재정적인 능력을 묻지 않는다. 하고 싶은 마음이 생기는 방향 그 자체로도 취향이라는 얘기다. 유명한 작가의 그림을 살 순 없어도 좋아할 순 있다. 화려한 패션과 헤어스타일을 굳이 직접 하지 않고 보는 것만으로도 그저 좋을 수 있다. 내 마음이 단지 그쪽으로 향하는 것뿐이니까.

돈이 많아야만 취향을 쌓을 수 있는 거라 생각했는데 내 취향은 오히려 돈을 벌지 않던 시기에 가장 풍요롭게 돋아났다. 상대적으로 시간이 많아지니 내가 좋아하는 것들을 지켜내는 일에 더 몰두할 수 있게 된 거다. 그 첫 번째가 바로 앞서 말한 그림이다. 하루 종일 이런저런 그림들을 바라보며 내 마음이 어느 방향으로 이끌리는지 귀 기울이게 됐다. 직접 그리지 않아도, 소유하지 않아도 보는 것만으로도 좋았다. 몰랐던 세계가 열리면서 그야말로 취향의 확장을 경험했다.

취향은 '사고'의 영역이자 '의지'의 문제이기도

한 것 같다. 돈이 많거나 시간이 많아도 취향을 지켜내고자 하는 의지가 없으면 그 색은 금방 바래진다. "나는 A 가수의 음악을 좋아해."라고 방향을 설정하는 것까지는 누구나 할 수 있다. 하지만 왜 그 가수를 좋아하는지, 그 가수가 몸담고 있는 음악의 어떤 부분이 좋은지, 내가 가진 이야기와 어떤 부분에서 맞닿아 있는지 끊임없이 대화를 하며 내면과 함께 성장해나갈 때 비로소 그 취향은 나만의 정체성이 된다.

영화 〈소공녀〉에서 담배와 위스키를 포기하지 않는 주인공 미소는 말한다. "집이 없어도 생각과 취향은 있어." 내게 없는 것에 집중하기보다 나의 생각에, 하고 싶은 마음이 생기는 방향에 더 집중해보면 어떨까. 세상에 초라한 취향은 없다. 내가 가진 취향을 초라하게 바라보는 '나' 자신만 있을 뿐이다.

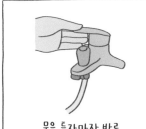

물을 틀자마자 바로
원하는 온도를 만나기는 어렵다.

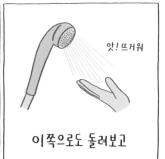

앗! 뜨거워

이쪽으로도 돌려보고

앗, 차가워!

저쪽으로도 돌려보며

가장 편안한 온도를 찾아야 한다.

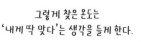

그렇게 찾은 온도는
'내게 딱 맞다'는 생각을 들게 한다.

내게 딱 맞는 온도 안에서
우리는 누구나 한없이 자유로워질 수 있다.

취향이란, 매일 적정온도를 찾아가는 과정 아닐까

기억나지 않는 친절

나는 열 살 때 〈신호등〉이라는 시를 썼다.

아직 익지 않은 초록색 사과가 하늘에 있어요.

자동차가 익지 않았다고 지나쳐버려요.

거의 익어 가는 주황색 사과가 하늘에 있어요.

자동차가 익어간다고 제자리에 서 있어요.

다 익은 빠알간 사과가 하늘에 있어요.

자동차가 군침 돈다고 빤히 쳐다보고 있어요.

그리고 이어서 서른 개의 시를 더 썼는데, 그 공책에는 1998년의 쿰쿰한 냄새와 함께 선명히 기억나지 않는 한 교생 선생님의 따뜻한 편지가 고스란히 담겨있다. 22년째 갖고 있는 오래된 공책 덕분에 어릴 적 꿈이 시인이었다는 사실을 보다 명료하게 알 수 있었다. "꼭 시인이 될 거예요!"라는 문장을 공책 맨 앞에 꾹꾹 눌러 써놓고도 혹여나 글씨가 사라질까봐 투명 테이프를 글자 위에 발라 놓았다. 꿈에 대한 의지를 열 살 꼬맹이가 꽤 잘 봉인해 놓은 셈이다. 숱한 이사를 다니고, 보다 현실적인 꿈을 꾸는 평범한 어른으로 자랐지만 나는 이 공책을 절대 버리지 않았다. 내가 쓴 시만큼 의미가 깊었던 선생님의 편지 때문이다.

예슬아. 너 시 정말 잘 쓰는구나. 선생님은 이제 예슬이의 고운 마음이 가득 담긴 시집 속에서 살게 되었어. 예슬이가 시 한 편을 써나갈 때마다 선생님에겐 예슬이의 시가 풍기는 아름다운 향기가 느껴질 거야. 어디선가 아름다운 향기가 나면 '아! 우리 예슬이가 시를 쓰는 중이구나.' 하고 생각하며 기쁠 거야. 선생님이 네 시집 속에서 항상 지켜보고 있다는 거 잊지 마. 시를 많이 읽고 많이 짓는 예슬이. 기대할게.

1998.5.29. 이지혜 교생 선생님이.

정확히 기억은 나지 않지만 교생 실습 기간이 끝나던 시점, 선생님께 스스럼없이 내 시집을 보여드렸던 것 같다. 아쉬움에 대한 표현이자 나를 잊지 말아 달라는 무언의 바람이었을 텐데, 이토록 뭉클한 편지가 돌아올 줄은 몰랐다. 내 시집의 향기가 20년 넘도록 사라지지 않는 데에는 한 페이지를 가득 채운 선생님의 정성스러운 글씨와 따뜻한 마음 때문이었다.

사람이 누군가에게 온 마음을 쏟는 일은 생각보다 힘든 일이다. 선생님은 직업으로서의 본분을 다한 것뿐이라고 볼 수 있지만, 나는 그 이상의 의미가 담겨있음을 오래도록 느낄 수 있었다. 시인과는 전혀 다른 삶을 살면서도 내 시를 칭찬해 주셨던 선생님 덕분에 나는 마치 꿈을 이룬 사람처럼 늘 마음이 풍요로웠다.

뚜렷하게 떠오르지 않는 친절을 닳도록 펼쳐보고 또 펼쳐보며 다짐한다. 선생님처럼 언제나 굵은 진심을 가진 사람으로 살아가야겠다고. 상대방이 자신을 기억해주지 못해도, 진심은 어떤 형태로든 모두에게 남을 테니까. 그런 굵은 진심 덕분에 결국, 이렇게 글을 쓰는 사람으로 살게 되었으니까.

기저귀 갈 때 나를 바라보던
엄마의 따뜻한 표정

엄마가 정성스레 만들어준
이유식 맛

아빠의 넓은 품

목마를 타면 보이던 풍경

어느것 하나 기억나지 않지만
내 마음 어딘가
기록으로 남아 있을 지도 모르겠다.

기억나지 않는 사랑이 쌓이고 쌓여
나를 괜찮은 어른으로
자라게 해 주었을 테니까.

기억나지 않아도 괜찮아

반짝반짝 빛나던 빛자국을 찾아서

"나, 요즘 빛을 잃어버린 것 같아." 2018년 여름, 친구에게 문자를 보냈다. 대기업으로 이직한 지 1년 6개월이 넘어가던 시점이었다. 모두가 부러워하는 큰 회사에 몸담고 있었으면서, 꿈에 그리던 워라밸이 충족되는 회사를 다니고 있었으면서 나는 자주 우울했다. 매일 아침마다 출근하는 게 고역이었다. 설렘이 하나도 없었다.

젖은 솜뭉치 같은 몸을 이끌고 꾸역꾸역 회사를 가던 어느 날, 문득 스물네 살에 처음 인턴으로 들어갔던 회사가 떠올랐다. 대학생 신분이었던 내게 그 회사는 꿈에 그리던 곳이었다. 첫 출근 날을 받아두고 전날 잠을 한숨도 못 잔 건 물론이고 일하는 동안에도 가라앉지 않는 흥분 때문에 손바닥이 땀으로 흥건해 마우스 위에 휴지를 얹어 두고 일을 했었다. 얼른 출근하고 싶어 일찍 잤고 아침에도 눈이 번쩍 떠졌다. 회사로 향하는 발걸음이 그렇게 가볍고 경쾌할 수가 없었다.

물론 첫 회사였기에 가능했던 일일 수 있다. 하지만 그 이후 두 군데의 회사를 더 다니면서 월급이 밀리거나 야근이 많아 힘들었던 적은 있었어도 내가 가진 빛이 사라지고 있다는 느낌은 한 번도 받아본 적이 없었다. 적어도 일은 늘 재밌게 하던 나였는데 갑자기 파스스하고 모든 연료가 타버린 느낌. 아무리 다시 불을 지펴도 예전의 빛깔로 돌아갈 수 없을지도 모른다는 생각이 나를 덮치면서 불안은 증폭됐다.

당시에 만나고 있던 사람과의 관계에 균열과 불

안이 생기기 시작한 것도 한몫을 했다. 그 사람과는 무슨 이유에서인지 몰라도 연애를 하면 할수록 점점 내 안의 빛이 사라지는 게 느껴졌다. 끝까지 아니라고 믿고 싶었고 노력하면 붙잡을 수 있다고 생각했지만, 빠른 속도로 사라지는 빛의 잔상 앞에서 내가 할 수 있는 건 아무것도 없었다.

왜 그랬을까. 다니던 회사에서도, 만나던 사람과의 관계에서도 내가 빛나지 못했던 이유는 무엇일까. 그때의 나는 모든 게 다 내 잘못이라고만 생각했다. 회사가 요구하는 역량에 내가 미치지 못하는 탓이고, 그 사람에게는 내가 잘 맞춰주지 못하는 못난 사람이라서 그런 줄로만 알았다. 하지만 돌이켜 생각해보면 누구의 탓도 아니다. 그저 나는 그 회사와, 그 사람과 맞지 않았다.

콘텐츠를 만들고 글을 쓸 줄 아는 내 능력이 당시의 회사에서는 그다지 중요한 역량이 아니었다. 때문에 좋아하고 잘하는 일을 제대로 꺼내볼 수 없는 환경에서 나는 자꾸만 위축될 수밖에 없었다. "나 그림 작가 해보고 싶어."라고 그에게 처음 내 꿈을 이야기 했을 때, 그는 고개를 내저으며 어려울 거라 했다. 가까운 사람의 말에 영향을 많이 받는 나로서는 그 한마디에 사기가 꺾여 한동안 그림 작가에 대한 꿈은 모두 접어 뒀었다.

그렇게 빛을 잃어버린 것만 같던 때, 내 문자를 받았던 친구는 내가 얼마나 반짝이던 존재였는지 잊어서는 안 된다고 해줬다. 지금 그 곳에서, 그 사람 옆에서 빛이 느껴지지 않는다면 내가 반짝일 수 있는 곳으로 움직여야 한다고 했다. 그때 그 말이 얼마나 큰 힘이 됐는지 모른다. 나에게만 문제가 있는 것도, 지금 이 환경이 잘못된 것도 아니라는 것을 처음 깨닫게 된 때. 그 사실을 깨우치고 나니 원망보다는 희망의 마음이 앞섰다.

빛이 바랜 만남은 그의 의지 덕분에 생각보다 빠르게 마무리가 됐다. 마음은 아팠지만 나를 좋아해 준다는 이유만으로 만남을 쉬이 결정하던 나의 어리숙한 과거와도 결별할 수 있었던 좋은 계기였다. 회사는 오랜 고심 끝에 퇴사했다. 지난 회사를 포함해 총 7년 2개월이라는 경력의 마침표를 찍고 나에게 처음으로 진짜 방학을 선물해 주기로 한 것이다. 그때 내 나이 서른둘이었다. 어릴 때 떠올리던 서른두 살이라는 나이는 직업적으로나 관계적으로나 꽤 안정적인 모습일 줄 알았는데 친구들과 비교해 봐도 나는 어느 것 하나 이뤄놓은 게 없는, 참 철없는 서른두 살 같았다.

하지만 계속 흐르는 시간 앞에서 마흔두 살의 백수를 떠올리는 것보다 지금 방황하는 것이 더 낫겠다 싶었다. 적은 금액이지만 그동안 일하며 모아놓은 돈이 있어 당분간은 버틸 수 있었다. 다음 스텝을 신중하게 선택하고 싶었기에 돈이 많이 드는 여행은 포기하고 계획 없이 푹 쉬면서 그간 힘들었던 마음을 비워내고 내가 언제 가장 빛이 났었는지 찾는 데 몰두했다. 지나간 과거는 연연하지 말라고들 하지만 오히려 과거로부터 쌓아온 데이터들 덕분에 내가 새롭게 쌓아야 할 경력과 만나야 할 관계에 대한 취향이 확고해지기도 하더라.

나만의 잘못은 아닌 것 같지만 그렇다고 환경 탓만 하고 싶지도 않은 순간이 있다. 그 환경조차 내가 선택한 것이기에 결국 모든 화살표가 나에게 돌아올 것만 같은 느낌 때문이다. 그렇게 어느 쪽의 잘못도 선명하게 느껴지지 않을 때, 누구에게나 빛나는 자리와 관계가 있다는 사실을 잊지 않고자 한다. 수많은 행성들 사이에서 잠시 길을 잃은 것뿐. 내면의 빛이 인도하는 곳으로 따라가다 보면 나에게 꼭 맞는 형태의 빛을 만날 수 있다는 믿음으로. 내가 내 인생의 빛자국들을 자주 기록해 두고 들여다봐야 하는 이유.

단출함의 풍요

　가족과 떨어져 혼자 살기 시작한 지 올해로 만 2년이 지났다. 서울로 올라와 자취를 시작한 지는 9년이 훌쩍 넘었지만 언니와 같이 오래 살았기에 진정한 독립은 2년이 전부다. 상대적으로 짧은 시간이지만 나는 그 시간 동안 의외로 가장 많이 변했다. 혼자 제대로 살아보기 시작하면서 삶을 대하는 태도가 완전히 달라졌다.

　자취 경험이 있는 사람들이라면 모두가 알 것이다. 언제나 먹을 것으로 가득 채워져 있는 냉장고, 빼곡하게 잘 정리된 양말 수납장, 청소할 필요가 없는 줄 알았던 늘 깨끗했던 화장실이 모두 부모님의 노력 덕분에 가능했던 일이라는 것을. 때문에 당연하게 여겼던 일상의 모든 것들이 자취생에겐 매일 헤쳐 나가야 하는 미션이나 다름없다. 밥 먹고 설거지를 해 놓지 않으면 다음 끼니 때 쓸 식기가 없는 것은 당연하고, 샤워 후 머리카락을 치우지 않으면 금세 수북이 쌓여 하수구가 막힌다.

그래도 그런 것들은 비교적 내게 어렵지 않은 일이었다. 비위가 약하지 않아 변기 솔질이나 음식물 쓰레기 처리 정도는 무난하게 해내는 편이다. 설거지도 딱히 귀찮게 느껴지지 않는다. 오히려 설거지를 하면서 찾아오는 마음의 평온을 즐길 때도 있다. 하지만 모든 것에는 양면이 있는 법. 나는 정리 정돈에 정말 취약하다. 오죽하면 이사 다음 날, 친구가 와서 옷 정리를 해주고 갔을까.

언니와 살 때는 겹치는 공간이 많아 최소한의 정

리만 하고 살아도 큰 불편함이 없었는데 혼자 살아 보니 정돈 되지 않은 공간이 주는 불쾌함이 매우 크게 느껴졌다. 퇴근 후 집에 돌아와 냉장고를 열었을 때 정체를 알 수 없는 음식물들이 나뒹굴고, 아침이면 제대로 된 양말 하나를 못 찾아 온 서랍장을 들쑤시는 생활이 반복되자 이대로는 안 되겠다 싶었다. 내 몸 속에 정리 정돈의 피가 전혀 흐르고 있지 않다 생각하며 살아왔지만 습관을 한번 바꿔 보기로 했다.

불필요한 물건들은 되도록 버리거나 주변에 나누고, 눈에 거슬리는 부분들은 바로바로 치웠다. 아침에 일어나 출근할 때마다 집을 난장판으로 만들어놓고 나가기 일쑤였는데 이제는 이불 정돈을 시작으로 옷방까지 어느 정도 정리해 두고 나간다. 아직 완벽하게 습관이 자리 잡은 것은 아니지만 외출 후 돌아왔을 때 정돈된 집을 보며 끊임없이 스스로에게 동기부여를 하는 중이다.

죽음에 대한 생각도 자주 하게 됐다. 혼자 사는 이야기를 하다 뜬금없이 웬 죽음이냐 하겠지만 나를 돌봐줄 누군가가 더 이상 가까이 있지 않다는 생각을 하며 살다 보면 무서운 상상이 뒤따라오게 마련이다. 내가 전등을 갈다 갑자기 추락해 머리를 다친다면? 화장실 문이 열리지 않아 폐소공포증으로 의식을 잃는다면? 알 수 없는 이유로 자다가 심장이 멈춘다면? 무서운 상상은 할 때마다 섬뜩하지만 결국 '더 잘 살아야겠다'는 다짐으로 마무리된다. 내게 더 건강한 것을 먹이고 주변 사람들에게도 매일 좋은 기억, 다정한 말들을 심어 줘야겠다는 다짐.

정돈을 자주 하게 된 습관과 죽음에 대한 겸허한 태도는 자연스레 자존감 향상에도 도움이 됐다. 매일 같이 소소한 성취들이 쌓이니 그런 스스로가 예뻐 보일 수밖에. 만약 내가 혼자 사는 경험을 해 보지 못했다면 지금의 마음가짐은 갖지 못했을까? 그것까지 확신할 순 없지만 독립의 경험이 내게 올

바른 삶의 이정표가 된 것만은 확실하다. 모두가 각자만의 동기가 있듯 내게는 독립이 그러한 계기가 된 것뿐이다.

점점 나이를 먹고 언젠가 또 다른 가족의 구성원으로 살아가겠지만 지금의 마음가짐을 오래도록 유지한 채 나이 들고 싶다. 불필요한 사치나 욕심 없이 단출하게, 무엇이든 내가 마음 편히 정돈할 수 있는 범위 안에서만. 그리고 나를 소중히 여기는 마음과 같이 주변에게도 늘 존중과 사랑을 베풀 것. 이러한 마음가짐들이 분명 나를 매력적으로 나이 들게 할 것임을 믿는다.

풍경을 추억으로 가득 채우는 방법

어른이 되고 나면 하지 않는 행동들이 있다. 예를 들면 걸음걸이마다 리듬 넣기, 횡단보도 하얀색만 밟으며 건너기, 높은 곳에 올라가 우산 펼쳐 들고 뛰어 내리기, 비 맞으면서 행복해 하기, 짜장면 입에 묻히면서 한가득 먹기, 길 위의 개미와 한참 동안 대화하기, 엄마 아빠에게 매일 뽀뽀하기와 같은 것들.

나는 동심을 내어주고 무엇을 얻었을까. 그럴싸한 답이 뾰족하게 떠오르진 않지만 두루뭉술한 답 하나는 말할 수 있을 것 같다. 추억을 살뜰하게 여기는 마음. 동심은 내어줬지만 행복했던 시절의 기억을 자주 곱씹으며 잊지 않으려는 성향 덕분에 추억을 소중히 여기는 어른으로 자랐다.

내가 살던 고향 진주는 다행히 서울만큼 개발이 많이 이루어지지 않아서 어릴 적 동네와 학교, 골목들이 대부분 고스란히 남아있는 편이다. 아파트 공동 정원에서 소꿉놀이를 할 때 나의 가상 집이었던 작은 나무가 심어진 곳. 숨바꼭질 할 때마다 자주 숨곤 했던 학원 상가 1층. 해질녘이면 밥 먹으러 오라는 엄마의 목소리가 울려 퍼지곤 했던 옛날 집 앞 놀이터까지 모두 그대로다. 가끔 추억을 곱씹기 위해 종종 찾아가곤 하는데 어릴 때 방방 뛰어 놀던 동네를 한 바퀴 돌고 나면 빛바랜 내 정체성을 다시 만나는 기분에 가슴이 뭉클해진다.

고향에 찾아가기 힘들 때는 초등학교 때 썼던 일기를 주기적으로 꺼내 읽어보기도 하고, 동네에서 마주치는 어린 아이들을 보며 지난날의 내 모습을 투영

해 보기도 한다. 비교적 암흑기였던 중·고등학교 시절을 추억할 수 있는 단서는 많이 남아있지 않지만 그래도 역시 일기는 남아있다. 질풍노도의 흔적이 고스란히 담겨있어 자주 열어보진 못하지만.

좋았던 기억을 자주 곱씹는 습관은 힘든 순간이 찾아왔을 때 빠르게 회복할 수 있는 마음 근력에도 도움이 된다고 믿는 편이다. 불행보다 행복을 자주 떠올리는 편이 아무래도 나을 테니까. 하지만 내게는 그 무엇보다 불면증에 특효다. 알 수 없는 우울이 덮쳐와 잠에 쉬이 들지 못할 때 가장 좋았던 기억 하나를 촛불 켜듯 꺼낸다. 그러면 영화 〈해리포터〉의 악령 디멘터들이 우르르 도망가듯 우울이 물러나고 어느새 마음의 평온이 찾아온다.

더 이상 하얀색 횡단보도만 밟고 건너지도 않고 짜장면을 입에 한가득 묻힌 채 먹지도 않지만, 그 시절 행복을 느낀 '나'는 여전히 내 마음속에 그대로 남아있다. 다시 돌아오지 않을 시절의 소중함을 잘 아는 어른이라서, 어릴 적 추억이라는 물감으로 어른이라는 풍경을 채워나갈 수 있어서 참 다행이다.

하고 싶어도 절대 할 수 없는 일.

어릴 적 살던 우리집 들어가보는 것.

연락 끊겨버린 친구 만나는 것.

초등학교 앞
할머니 떡볶이 맛보는 것.

하지만 유일하게 할 수 있는 일.

지나간 추억을 소중히 여기며 곱씹는 것.

빛나는 추억들이 남아있음에 감사하는 것

내가 잘할 수 있을까?

일기를 꾸준히 쓰는 편이다. 매일은 아니고, 듬성듬성 꾸준히. 하루도 빠짐없이 일기를 쓰는 사람들이 부러워 새해가 시작될 때마다 따라 해 보지만 나는 그럴 수 없는 사람이라는 걸 매해 1월 21일쯤 깨닫는다. 그래서 그냥 받아들이기로 했다. 드문드문 쓰는 일기라도 이토록 꾸준히 써온 게 어디냐고 스스로를 다독이면서.

매일 쓰지 않는 일기에도 장점은 분명 있다. 빈 곳이 많기 때문에 일기장을 주로 언제 찾는지 정확하게 알 수 있다고나 할까. 한 해가 마무리될 때마다

1년간 쓴 일기를 집어 들고 나만의 연말 결산을 하는 습관까지 몇 년째 들이다 보면, 가장 많이 쓰는 문장이 무엇인지도 알 수 있는데, 간간이 쓰는 일기 속에서 나는 이 문장을 참 지겹도록 써왔다는 것을 알게 됐다. "내가 잘할 수 있을까?"

면접을 앞두고 있거나 큰 프로젝트를 맡기 전, 심지어 새로운 인연을 시작하기 전조차 나는 이 문장과 함께 일기장을 찾고 있었다. 변화를 맞이하기 전에 치르는 일종의 의식처럼 말이다.

마르고 닳도록 같은 질문을 던져왔지만 명쾌한 답은 어디에도 없었다. 스스로를 응원하는 '할 수 있어!'라는 흔한 말조차 내 일기장에는 해당되지 않는 이야기였다. 솔직한 마음을 털어놓는 곳이 일기장이니까. 나는 잘해 낼 자신이 늘, 정말로 없었으니까. 그래서 확신을 갖지 못한 채 우물쭈물 주저하는 모습만이 일기장에 남아있을 뿐이었다.

그런데 한편으로는 참 신기하다는 생각이 들었다. 매번 저렇게 불안해했지만 일기장을 읽고 있는 지금 이 순간에서 돌아보면, 결국 내가 원하는 방향으로 조금씩 걸어온 게 보였기 때문이다. 잘 해낼 수 있을지 확신이 없어 늘 일기장을 찾으며 자신감 없는 모습을 내비쳤지만 어설프고 모자란 모습으로도 엉금엉금 발자취를 남기고 있었던 것이다.

"생각하는 쪽으로 삶은 스며든다." 내가 좋아하는 은희경 작가의 책《생각의 일요일들》에 나오는 문장이다. 나도 이렇게 스며들 줄 몰랐는데. 좋아하는 문장이기는 했어도 실제로 그러함을 체감하게 되는 날이 올 줄은 몰랐는데 이렇게 맞이하게 됐다. 물론 아직 스며드는 중이다. 스며듦에도 단계가 있다면 아직 0.001단계 밖에 되지 않을지도 모른다. 그런데 내가 생각하는 방향으로 조금씩 스며들고 있다는 사실을 깨달았다는 것만으로도 가슴이 벅차오른다. 앞으로도 마음껏 스며들 수 있을 것만 같다.

헛발을 내디뎠다 생각했던 길에 내 발자취가 남아 지반이 단단해졌고, 후들거리는 다리로 겨우 걸어갔던 불안한 발자국들이 모여 지금의 토양이 됐다. 이 토양 위에서 나는 여전히 떨리는 걸음으로 한 발 한 발을 내디딜 테지만, 내가 딛고 있는 토양이 얼마나 비옥한지 알기에 계속 걸을 수 있다. 멈추지 않고 나아갈 수 있다.

'잘할 수 있을까?'라는 물음에 이제는 답을 할 수 있을 것 같다. 나, 잘하고 있던 거였어.

나, 잘하고 있던 거였어

+와 −의 세계

싸이월드가 유행하기 전 내가 중학생일 때는 게시판 도메인을 만들어 주고받는 게 유행이었다. 도메인 주소도 한글로 할 수 있어 친한 친구들끼리 그룹 이름을 지어 만들곤 했는데 피시방에서 고군분투하며 찍은 다양한 각도의 셀카와 화려한 프로필을 더해 방명록을 많이 남기게 하는 게 목표였던 것으로 기억한다.

어찌된 일인지 나는 구경만 하는 축에 속했다. 굳이 주류와 비주류로 나누자면 후자에 속했기 때문인데, 구경하는 것만으로도 꽤 재미는 있었다. 오래

전 일인데도 아직 기억에 남는 건 친구들이 프로필에 적어둔 '+'와 '−' 표시다. +는 좋아하는 것들을, −는 싫어하는 것들을 표현하는 일종의 표시 기호였다. 고작 열네 살밖에 안 된 청소년들의 기호가 얼마나 뚜렷하겠냐 싶겠지만 그게 생각보다 꽤 정교했다.

좋아하는 음식을 넘어서 구체적으로 어떤 상황을 선호하고 싫어하는지, 어떤 드라마의 주인공 스타일을 좋아하는지, 어떤 말을 들었을 때 기분이 나쁜지 매우 상세하게 나열되어 있었다. 그래서 친구들의 화려한 셀카보다 그 기호 아래 적어둔 내용을 훑어보는 게 더 흥미로웠던 것 같다. 어른의 입장에서 봤다면 허세로 느껴질 수 있었겠지만, 같은 나이의 내 입장에선 그들이 참 부러웠다. 난 아직 내가 뭘 좋아하고 싫어하는지 잘 모르는데 저 친구들은 어쩜 저렇게 똑 부러지게 스스로를 잘 알까 싶어서.

그 내용이 진짜든 아니든 상관없었다. +와 −표

시 아래, 본인의 이야기를 채워 나갈 수 있다는 점에서부터 나는 한참이나 뒤떨어진 사람처럼 느껴졌고, 나이가 들어서도 한 글자도 채우지 못하는 어른이 되면 어쩌나 하고 걱정하기도 했었다.

기억 속 그 표시가 잊혀 갈 때쯤 대학생이 됐고 싸이월드는 거센 돌풍의 시대를 맞이하고 있었다. 너나 할 것 없이 미니홈피를 꾸미느라 바쁜 그때, 나는 한참이나 미뤄왔던 +와 −에 드디어 내 이야기를 조금씩 채워 보기 시작했다. 여전히 미숙했고 완벽하지 않았지만 처음으로 내 취향을 들여다보고 직접 정리해봤던 순간이다.

부끄럽지만 그때의 기억을 살려 아직도 유효한 내 기호를 나열해 보자면 다음과 같다. 된장찌개와 호박잎을 좋아한다. 머리를 흔들 때 목 끝에 닿는 머리칼과 바람의 느낌이 좋아 단발머리를 선호하며, 그때나 지금이나 좋은 글을 읽고 곱씹는 게 취미다. 고기보다는 채소를, 튀긴 것보다는 굽거나 찐 게 좋다. 밥을 빨리 먹어야 하는 상황이 힘들다. 어른에게 무례한 사람이 싫고 사람이 지나치게 많은 공간은 가기 꺼려진다. 말을 함부로 하는 사람, 존중의 태도가 없는 사람은 가까이 두고 싶지 않다.

가끔 내가 가진 색이 바랜 것 같다 느껴질 땐 +와 −를 떠올린다. 중학생 때처럼 기호를 완벽하게 적어 내야한다는 강박은 없다. 스무 살에 싫어했던 것들이 지금 와서 좋아질 수 있듯 그때그때의 내가 무엇을 좋아하고 싫어하는지 꾸준히 귀를 기울여 보는 것만으로도 나를 더욱 잘 알아가는 기분이다. 그것으로 만족한다.

하는 사람

얼마 전 친구에게 이런 말을 들었다. "네가 지금 하고 있는 것들이 왜 대단한지 알아? 글 써서 인터넷에 올리고 그림 그려서 인스타그램에 올리고 하는 것들. 누구나 생각은 할 수 있는데 너는 그걸 진짜로 했기 때문이야. 무엇을 막론하고 시작을 했다는 것 자체가 참 멋있는 일인 거거든." 비슷한 이야기를 직장 동료에게도 들었다. "저는 요즘 제일 존경하는 사람이 '하는 사람'이에요."

나는 사실 질투심이 많았다. 주변인의 업적을 마주할 때마다 대단해 보이기는 하지만, 마음 한편으로

'나도 생각했던 건데, 뭐.' '마음만 먹으면 저 정도는 나도 할 수 있지.'라는 생각을 하며 그의 업적을 얕잡아 보는 못된 심보를 갖고 있었다. 도저히 뛰어넘을 수 없는 업적을 가진 사람에게는 되레 진심을 담아 존경심을 표하곤 했었다. 지금 생각해도 얼마나 고약하고 못난 마음인지.

하지만 창작활동을 시작하면서 그때의 생각이 얼마나 어리석었는지 뼈저리게 깨달았다. 머릿속으로는 수백 번이고 시작해봤던 인스타툰이고 에세이였는데 막상 실제로 해 보니 힘든 게 한둘이 아니었던 거다. 내가 감히 질투했던 많은 이들이 실로 얼마나 대단한 사람들이었는지, 가벼워 보이는 그 시작을 하기까지 얼마나 많은 고행이 있었는지 다 헤아릴 수 없을 정도였다. 더 대단한 건 '꾸준함'이었다. 시작에서 멈추지 않고 꾸준히 이어나가는 삶. 그건 절대로 '마음만 먹으면 할 수 있는' 수준이 아니었다.

꾸준함에는 시작보다 더 큰 용기가 필요하다. 무엇이든 시작과 동시에 대박을 터트리면 얼마나 좋겠냐마는 현실은 그렇지 않은 경우가 많기 때문이다. 무반응과 냉담한 평가를 견디면서 꾸준히 묵묵하게 자신의 일을 이어나가는 사람들은 실로 존경받아 마땅하다.

그렇다면 나는 친구가 말한 대로 스스로를 대단한 사람이라고 볼 수 있을까. 물론 아직은 아니다. 하지만 시작의 어려움을 경험해 봄으로써 불필요한 질투심을 내려놓게 되었다는 점에서 조금은 대견하다고 볼 수 있을 것 같다. 질투심을 내려놓고 나니 주변에서 들려주는 칭찬에도 온 마음을 다해 감사함을 느끼게 되는 애틋한 마음도 생겨났다.

막연히 '언젠가는 해 봐야지.' 하고 미뤄뒀던 그림과 글쓰기를 실천하는 삶을 살면서 내 인생의 제2막이 열린 기분이다. 보다 겸손해지는 마음과 동시에 더 좋은 사람이 되어야겠다는 다짐도 쉴 새 없이 솟아난다. 미뤄두기만 했던 작은 꿈들이 있다면, 누구라도 지금 시작해보면 좋겠다. 머릿속으로 하는 것과 실제로 해 보는 것은 경험해보지 않으면 모를 정도로 확연한 차이가 있기에. 게다가 그 성취와 만족감은 무엇으로도 표현하기 어려울 정도라, 꼭 경험해봤으면 한다.

말만 하는, 생각만 하는 사람이 아닌 실제로 행동으로 옮기는 '하는 사람'으로 오래도록 남고 싶다. 더 나아가 '아직도 하고 있는 사람'으로. 그렇게 나만의 길을 꾸준히 걸어가다 어느 순간 뒤돌아봤을 때 스스로를 가만히 쓰다듬어주며 '나 정말 대단하네!'라고 말할 수 있는 먼 훗날의 나를 떠올리며, 오늘도 시작해 보련다.

너를 꾸준히 움직이게
만드는 원동력이 뭐야-?

회사 다니면서 안힘들어?
진짜 대단해~

처음으로 진짜 재밌는 내 일을 찾았거든

여행이 살아보는 거라면

나는 평범한 길을 여행길로 만들어 바라볼 수 있는 능력을 갖고 있다. 능력이라 말하긴 했지만 사실 거창한 건 아니다. 모든 건 다 이 광고 카피 덕분이다. "여행은 살아보는 거야."

그동안 우리에게 여행은 계획을 세우고 꼭 가야 하는 명소를 들르고 사진도 무조건 남기고 사야 할 기념품까지 사 오는 것이었는데, 그저 살아보는 거라니. 그리고 덧붙여 이런 말을 건넨다. "많이 돌아다니지 않아도 돼요. 현지인의 집에 머물며, 그 동네의 맛집을 발견하고 천천히 문화를 즐기는 그런 여행 어때요?" 실로, 여행에 대한 새로운 관점을 가지게 된 계기였다.

그런데 여행이 살아보는 거라면 사는 게 여행이 될 수도 있지 않나. 그래서 그 카피를 접한 이후로 이런 생각을 자주 했다. 나는 이 도시로 장기 여행을 떠나왔다는 생각. 오늘 하루가 기억에 남는 여행의 한 장면이 될지도 모른다는 상상. 물론 매번 이런 생각을 한 채 살지는 않았지만, 가끔 반복되는 일상에 지칠 때면 의외로 도움이 되곤 했다.

이 여행이 언젠가 끝이 날지도 모른다는 생각을 하면 평범한 출근길이 생경한 여행길로 바뀐다. 여기 사람들은 출근할 때 주로 저런 표정을 짓고 있네. 지하철 너머로 보이는 풍경이 꽤 아름다운 곳이구나. 이곳 사람들은 예쁜 하늘을 자주 볼 수 있어 좋겠다. 맞은편 학생은 무슨 공부를 저렇게나 열심히 하는 걸까. 이런저런 생각을 하며 관찰하다 보면 재밌어지기까지 한다.

얼마 전, 익숙하던 동네 풍경이 볼거리 많은 여행지 풍경으로 바뀌던 경험도 있다. 하교 후 엄마 손을 잡고 핫도그를 먹으며 걸어가는 남자아이. 그리고 그런 아이를 사랑스럽게 바라보는 엄마. 정육점 계산대에 지루하게 앉은 채로 폰만 들여다보는 아르바이트생. 혼자 산책 나온 아주머니의 경쾌한 전화 목소리. 과일가게 사장님의 능숙한 영업멘트. 자전거 무리의 에너지 넘치는 기운들까지.

보통 여행을 가면 시간이 가는 게 아깝다는 생각을 자주 하는데, 사는 게 여행이 되면 지금 흐르는 이 시간들도 똑같이 아깝게 느껴진다. 그리고 여행지에서 경험하는 모든 것들을 최대한 기억으로 남겨두려고 애쓰듯이 익숙한 풍경 속에서도 낯선 도시의 여행자처럼 밀도 높은 시간을 보낼 수 있다.

"내일 죽을 것처럼 오늘을 살라."는 유명한 명언도 있지만, 내게는 삶을 여행으로 바라보는 관점이 더 큰 도움이 됐다. 그래서 나는 오늘도 많은 것들에 눈을 맞추고 귀를 쫑긋 기울인다. 나만의 여행을 오래오래 기억하기 위해서.

부디 많은 여행자들이 매일매일을 잊을 수 없는 여행의 한 장면으로 기록하게 되길 바란다.

분명 익숙한 동네였는데

여기 꽃이 있었네?

자세히 보니 다르게 보인다.

매일 보는 하늘도

매일 다른 얼굴을 하고 있듯

100% 같은 오늘은 없다.

삶이라는 여행이 재미있는 이유.

오늘도 여행 잘 다녀왔습니다

Part 4

앞으로도 취향은
계속될 테니까요

누군가의 취향을 들여다보는 일

타인의 취향을 관찰하는 일은 언제나 흥미롭다. 특히 좋아하는 사람의 취향일수록 더욱 세심하게 들여다보게 되는데 내게는 TV 프로그램 〈나 혼자 산다〉와 유튜브 '브이로그'가 좋은 매개체다. 평소 가치관이나 태도가 마음에 들었던 유명인의 삶에 깊숙이 들어가 그의 사소한 취향들을 현미경으로 관찰하듯 볼 수 있다는 건 팬으로서 얼마나 감격스러운 일인지 모른다. 설령 어느 정도의 연출이 가미된 모습이라 해도 말이다.

특히 브이로그는 날것의 이미지가 더욱 강해 자

주 챙겨보게 된다. 좋아하는 누군가가 챙겨 먹는 음식, 운동, 음악적 취향까지 모두 접할 수 있는 브이로그를 보고 있노라면, 휴지가 물을 쫙 빨아들이듯 빠른 속도로 그들의 취향에 함께 흡수되는 기분이 든다. 어릴 적 코미디언을 꿈꿨기 때문일까. TV 속 연예인들의 말투나 행동을 따라 하는 습관이 아직도 남아있어 마음에 드는 브이로그를 보고 나면 무엇이든 꼭 하나 이상은 따라 해 보는 요상한(?) 취미가 생겼다.

혼자 살고 있는 사람으로서, 가장 흔하게 따라 해 볼 수 있는 건 단연 요리다. 1인 가구가 해 먹을 수 있는 음식의 한계에 부딪힐 때쯤 마주하는 그들의 요리 취향은 나의 요리 스펙트럼을 넓혀주는 좋은 선생님이라 늘 잊지 않고 챙겨 보는 편이다. 그렇게 따라 해 보다가 여러 방식으로 응용해 나만의 레시피로 굳어진 요리들도 꽤 된다. 음악도 마찬가지다. 자주 듣던 플레이리스트는 왠지 지겹고 알고리즘으로 추천

해주는 음악은 식상하다 느껴질 때, 내가 좋아하는 사람들이 무엇을 듣는지 관심을 기울이다 보면 마음에 드는 노래를 찾게 되는 경우가 종종 있었다. 친구들과 리스트를 공유하는 것도 좋지만 매번 묻고 다닐 수는 없으니 내게는 이 방법이 제일 유용했다. 실패 확률이 가장 낮기도 했고.

취향에 대한 명확한 가치관이 생기기 전에는 다른 사람의 취향을 모방하는 것은 진정한 내 것이 아니라는 생각이 강했다. 아무리 모방은 창조의 어머니라지만, 취향에 있어서 만큼은 스스로 개척하고 찾아야만 진정한 것이라는 이상한 편견이 있었던 거다. 그런데 생각해보면 대부분의 취향은 '누군가'로부터 영향을 받으면서 시작되는 경우가 많지 않나.

내 경우만 봐도 나는 20대 초반에 만났던 애인이 추천해 준 마커스 밀러(Marcus Miller)의 음악을 아직도 듣는다. 좋은 기억으로 남아있지 않은 누군가와 함께 갔던 바에서 우연히 들었던 로라 페르골리치 (LP)의 〈Lost on You〉는 여전히 손꼽히는 내 인생 곡이다. 아무리 노래가 좋아도 들을 때마다 연관된 사람이 떠오르지 않냐는 질문에는 자신 있게 말할 수 있다. 사람에게 느끼는 감정의 유효기간은 짧아도 취향의 온도는 꽤 오래 가더라고. 사람은 떠나도 취향은 남는다는 말도 있으니까 말이다.

그렇다면 견고한 취향이라는 건 역시 다양한 사람들과 부대끼며 살아가는 과정 속에서 맺어지는 결실 아닐까. 희미한 H심 연필로 긴가민가하면서 짧은 선 스케치를 그리고 있을 때, 누군가 굵직한 B심 연필로 길쭉한 선을 선명하게 그려주고, 거기에 우리는 들뜬 마음으로 색을 입히고, 또 다른 누군가 다가와 각양각색의 색을 더하면서 그림이 완성되는 과정의 반복.

내가 살아가는 방식 또한 주변인의 취향에 영향

을 준다는 생각을 하면 내 삶도 흥미롭게 느껴진다. 타인의 취향을 들여다보는 일은 결국 나를 들여다보는 일과 맞닿아 있다는 것. 그래서 오늘도 끊임없이 누군가의 삶을 관찰하고 모방하며 살아간다. 나와 '우리'의 다채로운 취향을 위해.

〈나혼자 산다〉에
나왔던 한 남자가수

그는 일어나자마자
코코넛 오일로 입을 헹구고

아로마 오일 테라피로
하루를 시작했다.

'도대체 왜 저렇게..?'라고 반응하는
패널들에게 그가 대답했다.

"그냥 제 기분이 좋아서
하는 거예요-!"

하루의 시작을 '내기분'에 맞추는
그의 태도가 오래도록 내게 남았다.

나는 오늘 어떤 하루를 시작했을까

마음이 부자라서 괜찮아

어렸을 때 우리 집은 부유한 편이 아니었다. 그
렇다고 심각하게 가난한 것도 아니었는데, 어린 시절
의 나는 넓은 집에 사는 친구 집에서 놀다 와 이렇게
물은 적이 있다고 한다. "엄마, 우리는 왜 부자가 아
니야?" 전혀 기억나지 않는 이야기지만 엄마는 가끔
내게 그날의 이야기를 웃으면서 이따금씩 들려주시
곤 했다. 왜 우리는 부자가 아니냐는 어린 딸의 순수
한 질문에, 화장실이 두 개나 있는 친구 집에서 놀다
와 저도 모르게 주눅이 들었을 딸에게 엄마는 마치
답변을 준비라도 한 것처럼 "응. 우리는 마음이 부자
야."라고 말씀하셨다. 그리고 나는 환하게 웃으며 "알

겠어!"라고 대답했단다.

엄마는 해맑게 알겠다고 말하며 돌아서던 내가 너무 귀여웠다고 웃으면서 말하셨지만, 딸에게 그런 질문을 받던 그 시절의 엄마를 떠올리면, 그 마음이 얼마나 쓸쓸했을까 싶어 가슴 한편이 아려온다. 순수함을 가장한 나쁜 딸이었던 것만 같아 마음이 편하지가 않다. 하지만 엄마 말은 맞았다. 우리 가족은 생활이 매우 넉넉하지는 않았어도 정말 마음만은 풍족하고 건강한 부자나 다름없었다.

아빠는 행복하다는 말을 자주 하신다. 밥을 맛있게 먹은 후에나 커피를 따뜻하게 내려 마실 때, 언니와 내가 고향을 다녀간 후에도 "너네가 다녀가서 너무 행복했다."는 말을 서슴없이 해주신다. 사소한 것에도 행복을 느끼고 자주 표현하는 아빠와 낙천적인 엄마 덕분에 나는 마음이 부자인 사람으로 자랐다. 내게 주어진 작은 행복들을 알알이 만끽하고 간직하는 법을 배웠다.

온 지구를 뒤덮은 지독한 바이러스 때문에 점점 살아가기 힘든 세상이 되었다. 하지만 허용된 행복은 분명 존재한다는 것을 잊지 않으려고 한다. 예기치 못한 일들은 언제나 느닷없이 찾아올 텐데, 그럴 때마다 무기력하게 내 행복을 빼앗기고 싶지 않다. 허용된 울타리 안에서 스스로 행복을 만들어 나가는 사람이 되겠다. 소중한 내 행복은 일상 속에서도 언제든 만들어 나갈 수 있는 거니까.

마음이 가난해지지 않게 오늘도 건강한 씨앗을 일상에 심는다. 튼튼한 뿌리를 내려 어떤 풍파에도 쉬이 흔들리지 않는 사람이 되기를. 행복을 나누는 속이 단단한 사람이 꼭 되기를. 엄마가 해주신 말은 성인이 된 지금에게도 큰 힘이 된다. 그래, 마음이 부자라서 괜찮아.

내가 지켜야 하는 내 행복

내 취향은 별 게 아닌데

출간 제의를 받고 한동안 들뜬 기분을 가라앉히지 못했었다. 내가 책을 쓰다니! 어릴 적부터 꿈에 그리던 일을 드디어 내가 해내다니! SNS는 물론, 온 동네방네에 나의 기쁨을 알리며 구름 위를 걷는 기분으로 두둥실 떠오른 채 지냈다. 그리고 얼마 지나지 않은 시점, 이루 말할 수 없는 중압감이 몰려오면서 내 기분은 지하 10층까지 수직 낙하했다. 이유는 역시 하나였다. 내가 책을 쓰다니?

나는 책을 내기에 너무 평범한 사람이라는 생각이 강했다. 내세울 학벌도, 뛰어나게 자랑할 만한 능력도 없는 지극히 평범한 인간. 그런 내가 책을 써도 괜찮을까? 잘나가는 베스트셀러 책을 읽을수록, 좋아하는 에세이를 참고서 삼아 읽으면 읽을수록 도저히 말이 안 되는 이야기 같았다. 아무리 글쓰기를 좋아하는 나라고 해도 저들처럼 잘 해낼 자신이 없었다. 나만이 할 수 있는 이야기를 담아내면 된다고 하지만, 내 이야기는 너무 평범하다 못해 초라하게 느껴지기까지 했다.

그러다 친한 언니에게 고민을 털어놨는데 이런 대답을 들었다. "꼭 잘할 필요 있나?" 허를 찔린 기분이었다. 나는 애초에 베스트셀러 작가도 아니고 전문적으로 글을 써 왔던 사람도 아닌데, 왜 잘 해내야만 한다는 중압감으로 스스로를 불편하게 만들었던 걸까. 적당한 부담감은 일의 동력이 되기도 하지만 한 글자도 제대로 시작하지 않은 시점에 자격부터 운운하는 나 자신이 참 어처구니없게 느껴지는 순간이었다.

코미디언 송은이와 장항준 감독이 진행하는 영화 소개 팟캐스트 '씨네마운틴'에서도 비슷한 이야기를 들은 적이 있다. 장항준 감독이 영화 〈괴물〉을 소개하면서 봉준호 감독이 고등학생 때 잠실대교를 바라보다 한강에 나타나는 괴물 이야기를 처음 떠올리고 감독이 된 후 실천에 옮겼다는 이야기를 한참 하고 있는데 송은이가 물었다. "감독님도 어릴 적 인상 깊었던 스틸이 있었나요?" 그러자 그가 웃으며 대답했다. "여러분. 모두가 봉준호일 필요가 없고, 모두가 노벨상을 탈 필요가 없지 않습니까?"

즐겨 듣는 또 다른 팟캐스트 '비혼세'에서 〈계간홀로〉 이진송 편집장도 말했다. "글 쓰기 힘들 때는 '좋은 글이 많고 좋은 작가들이 많은데 굳이 나까지 잘 쓸 필요 있나? 됐고, 오버하지 말고 적당히 좋은 글 또는 너무 나쁘지 않은 글을 써서 마감 맞춰 보내고 관리비 내자.'라고 생각해요. 너무 좋은 글을 쓰려고 하면 할수록 못쓰게 되더라고요."

내 기준에서 참 대단하다고 생각하는 장항준 감독도, 이진송 편집장도 나와 비슷한 고민을 했을지 모른다 생각하니 왠지 모를 동질감이 느껴진다. 처음부터 비상한 면모로 두각을 드러내는 사람들도 있지만 스스로 평범하다 생각하는 사람들의 일상적인 노력이 쌓여 업적이 되었을 때 우리는 더 큰 공감과 힘을 얻지 않나.

나는 여전히 내가 가진 취향과 능력이 참 별거 없다는 생각을 한다. 하지만 그렇기 때문에 오히려 나만이 쓸 수 있는 평범한 글이 있다. 남들과 다르지 않으므로 더 담담하게 일상의 위로와 공감의 메시지를 건넬 수 있다. 앞으로 쭉 무난하게 살아가면서 이 감각을 오래도록 유지하는 게 나의 꿈이다. 나만의 이야기로 평범한 인간의 연대기를 계속 장식해 나가기 위해서. 모두가 노벨문학상을 받을 필요는 없으니까.

17년 된 샤프에 대한 단상

내게는 아주 오래된 샤프가 하나 있다. 고등학교 때 친구에게 선물로 받은 건데 그 역사가 자그마치 17년쯤 된다. 회사를 다니며 오랜 기간 쓰지 않은 적도 있었지만, 이 샤프는 신기하게도 잃어버리지도, 고장이 나지도 않으면서 늘 내 곁에 남아있었다.

그리고 백수 생활을 시작하면서 글을 쓰고 그림을 그리다 보니, 자연스럽게 이 샤프에 다시 손이 가기 시작했다. 그렇게 온기를 채우면서 깨닫는 것 하나. '이렇게 낡고 오래됐는데도 여전히 내 손에 딱 맞는구나.'

간혹 그런 물건들이 있다. 낡았지만 그 어떤 것보다 편안해 포기할 수 없는 베개. 10년 넘게 쓰고 있지만 여전히 없으면 큰일 나는 아이새도 브러쉬. 누군가에게는 그저 낡은 물건으로 보일지라도 다시는 구할 수 없어, 더욱 애착이 가는 물건들.

그리고 다시 한번 생각한다. 새것의 화려함이 사라져도 시간이 갈수록 가치가 더해지는 물건이 있듯이 나도 누군가에게 그 누구와도 대체할 수 없는, 오래 볼수록 반짝임이 더해지는 그런 사람이 되고 싶다고.

지갑을 선물 받았다.

결혼식을 도와줘서 고맙다는
마음이 담긴 선물이었다.

오랜만에 만난 친구들.

마음이 담긴 선물이니까

잡념에 집념하지 않을 것

"철컹!" 하는 현관문 소리와 함께 엄마의 힘겨운 목소리가 이어진다. "웃챠!" 평화롭게 TV를 보던 아빠와 나는 엄마가 들어오는 소리에 일제히 일어나 현관문으로 총총 달려간다. 무엇을 그렇게 무겁게 가져오셨는고 하니 오늘은 머위대 한 상자다. 한 봉지도 아니고 큰 한 상자. 이렇게 무거운 걸 아무렇지 않은 듯 바닥에 내려놓는 엄마를 보며 다시 한번 경이로움을 느낀다. 우리 엄마 진짜, 대단하다. 대단해.

식당 일을 하던 엄마는 종종 식재료를 집에 챙겨와 다듬는 일을 하시곤 했다. 내 일에 빗대면 다음 날

있을 회의 자료를 미리 만들지 못해 집에 노트북을 챙겨와 일을 더 하는 잔업인 셈인데 오늘은 그 양이 보통이 아니다. 머위대는 머위라는 채소의 줄기 부분이다. 고구마줄기와 비슷하게 겉껍질을 벗겨내야만 부드러운 식감으로 즐길 수가 있다. 평소에 참 맛있게 먹는 반찬이긴 하지만, 직접 만들어 먹으려면 번거롭기 그지없다.

엄마는 이 많은 머위대를 어쩌자고 다 사 오신 것일까. 설마 이걸 오늘 다 다듬어야만 하는 걸까. 눈을 꿈뻑이며 머리를 굴리고 있는데 어느새 내 손에는 작업칼이 쥐어져 있었다. 찍소리 못하고 엄마, 아빠, 나까지 모두 합세해 거실 바닥 신문지 위에 쪼그려 앉아 머위대를 손질하기 시작했다. 양이 얼마나 많았는지 작업을 아무리 해도 당최 줄어드는 기미가 보이지 않아 자세를 이리 저리 고쳐가며 나도 모르게 불평불만을 습관적으로 늘어놨다.

"엄마. 왜 이리 많이 사 왔노?""어휴. 이거 언제 다 해?""얼마나 남았어?""그냥 손질 된 거 사먹으면 안 되나." 그러자 내 불평을 가만히 듣고 계시던 엄마는 나지막이 이렇게 말씀하셨다. "어떤 일이든 일단 하기로 했을 때는 그냥 해라, 예슬아. '이거 언제 다 하지? 얼마나 남았지?' 이런 생각들은 일의 진전에 아무런 도움이 안 된다이. 그냥 가끔은 멍청하게 하는 일에만 집중해 봐라."

그렇다. 나는 잡념이 많다. 분명 내가 하고 싶어 시작한 일들인 데도 도중에 여러 잡념들이 머릿속을 지배한다. '이게 맞나? 이렇게 해도 되는 건가? 나중에 후회하면 어떡하지? 이 방향으로 가면 될까? 어휴, 누가 맞다고 대신 말 좀 해주면 좋겠네.'와 같은 정말 쓸데없는 잡념들 때문에 집중력이 흐려지는 경우가 허다하다.

잡생각 그만하고 일에만 집중해 보라는 엄마의

단순한 조언이었는데 그날따라 말의 울림이 컸다. 때로는 생각 없이 주어진 일에만 '그냥' 몰두할 필요도 있다는 것. 나에게 정말 절실한 말. 뜻하지 않게 만났던 머위대 한 상자와 명쾌한 엄마 덕분에 인생의 단순한 진리를 다시 한번 깨우치게 됐다.

결국 그날, 나는 아주 값진 머위를 먹었다.

하지 말아야 할 이유가
너무 많다.

일단 너무 졸리다.

목도 어깨도 뻐근하다.

배도 좀 고픈 것 같다. 그만 눕고 싶다.

하지만 나는 글을 잘 쓰고 싶다.

유혹을 뿌리치고 계속
앉아있어야 하는 이유는 그것 하나 뿐이다.

더디기만 했던 글에 속도가 붙고

조용한 세상에
나와 활자만이 오롯이 남는다.

내일이면 나는 이 과정을
또 반복하겠지만

오늘의 성취가 기록으로 남았다.

힘이 센 단 하나의 이유만 있으면 충분해

숲보다 나무를 보는 사람

나는 시력이 매우 좋지 않다. 자그마치 초등학교 4학년 때부터 안경 없이는 살아갈 수 없는 몸이 되어버렸는데 그럼에도 나는 가끔, 내 눈에 현미경이 달린 게 아닌가 하는 생각을 할 때가 있다. 밥풀 위에 앉은 가느다란 먼지 한 톨, 상대방 얼굴에 묻은 작은 티끌, 친구 표정에서 느껴지는 섬세하고도 미묘한 감정 변화 같은 것들을 한눈에 정말 잘 알아보기 때문이다.

이런 성향은 업무를 할 때도 발현된다. 오타나 띄어쓰기는 물론, 디자인 시안의 정렬이나 도형의 미세한 차이까지도 빠르게 캐치하는 편이라 회사에서 주로 '꼼꼼하다'는 평을 많이 들었다. 하지만 나는 사실 태생적으로 워낙 덤벙대는 스타일에 가까웠다. 성격도 급해 사소한 부분을 챙기기는커녕, 우왕좌왕하면서 주변을 정신없게 만드는 사람이 바로 나였는데 유독 섬세해지고 꼼꼼해지기 시작한 건 대학생 때 아르바이트로 초등학교 영어캠프 행정교사를 맡으면서부터였던 것 같다.

서비스직 아르바이트는 여러 번 해 봤으니 새로운 경험을 해 보자는 마음으로 지원했지만, 알고 보니 악명이 꽤 높은 자리였다. 일이 너무 빡세 일주일도 버티지 못하고 그만둔 사람들이 수두룩이라는 이야기를 합격 후 들었었는데 굳이 비유하자면, 영화 〈악마는 프라다를 입는다〉의 앤 해서웨이가 맡았던 역할과 유사하지 않았을까 싶다.

120명의 초등학생과 20여 명의 보조교사들이

함께 한 달간 합숙을 하는 모 대학 산하의 영어캠프 프로그램이었다. 그리고 나는 아이들에게 수업을 가르치는 일을 제외한 모든 행정 업무를 맡았다. 팀장은 있었다. 하지만 일을 하는 사람은 나뿐이었다. 이후에 추가 인력을 뽑긴 했지만 대학생이었던 내가 그 모든 일을 감당하기에는 심각하게 버거웠다. 영어캠프 홍보 업무부터 학부모 문의 대응, 레벨 테스트, 위생검사, 용돈 지급 현황, 병원 진료 기록, 외국인 교사 이력서 검토, 현장 학습 운영 등 각종 서류까지. 기억나는 것만 해도 모두 열거할 수 없을 정도다.

가장 신경을 곤두세웠던 일은 학부모들과의 커뮤니케이션이었다. 생때같은 아이들을 먼 타지로 보내 한 달간 보지 못하는 학부모들의 심정이 매일 행정실 전화기 너머로 울려 퍼졌으니, 그 마음을 모를 리 없어 늘 그 어떤 것보다 꼼꼼하게 챙기고자 노력했다. 살면서 선생님이라는 역할을 해 본 적이 없었지만 그 순간만큼은 진정한 교사의 마음으로 학부모들의 체크 사항을 일일이 받아 적으며 완료된 내용은 지체 없이 문자로 안내해드리곤 했다. 그때 썼던 노트는 더 이상 쓸모가 없지만 나도 몰랐던 꼼꼼함이 처음 발현되었던 노트라, 아직 잘 간직하고 있는 중이다.

어쨌든 그렇게 정신없이 일을 끝내고 주변을 돌아보면 팀장은 항상 자리에 없었는데, 나를 비롯한 다른 보조교사들은 그럴 때마다 그의 역할은 도대체 무엇인지 의심할 수밖에 없었다. 일은 아르바이트생인 우리가 다 하고, 본인은 거저먹는 것 아닌가 하는 생각에 늘 괘씸했다. 그런데 어느 순간부터 내가 하는 일의 성취감이 커지면서 그의 존재가 예전만큼 신경 쓰이지 않게 됐다. 아이들의 건강 상태나 사소한 감정까지 모두 세심하게 들여다보며 꼼꼼히 모든 일을 잘 챙긴 덕분에 학부모들로부터 칭찬도 받고, 캠프가 큰 사고 없이 잘 굴러가는 모습을 보면서 23살이었던 내가 이전에 경험해보지 못한 최고의 성취를 맛보게 된 것이다.

　나중에는 이런 생각도 하게 됐다. 팀장이 숲 전체를 보며 굵직한 일들을 처리했기 때문에 내가 잔잔한 나무들을 챙길 수 있었던 게 아닐까 하고. 숲을 보는 사람이 있으면 나무를 보고 가꿀 줄 아는 사람도 있어야 하니까. 나는 그 역할을 단지 잘 해낸 것뿐이라는 나름의 겸손까지.

　대부분 나무보다 숲을 먼저 봐야한다는 이야기를 많이 하지만, 나는 여전히 나무를 더 잘 보는 사람인 것 같다. 함께 일하는 사람들의 감정을 잘 알아차리고 싶고 사소한 공감도 절대 허투루 넘기고 싶지 않다. 내가 하고 있는 일들이 다행히 사람들의 미세한 감정을 바탕으로 만들어지는 일이니 무엇이든 세심하게 들여다보는 이 마음가짐을 더욱 잘 가꿔야겠다는 생각이 든다. 내 마음 또한 사소한 순간들에 움직이는 경우가 더 많았으니까.

숲을 봐야 한다고 말하는 사람은 많으니 나는 현미경을 들고 열심히 나무를 보며 나만의 방식으로 살아 가련다. 가까이서 지저귀는 새와 각양각색의 동물들 덕분에 외로울 틈도 없을 것 같다.

나만의 방식으로 살아간다는 것

책 읽는 내 모습이 좋아서

책을 좋아하는 이유가 뭐냐 묻는다면 여러 가지를 답할 수 있겠지만 가장 솔직한 대답은 '책 읽는 내 모습이 좋아서'다. 지하철에서 스마트폰을 멍하니 보고 있는 것보다 책을 읽고 있는 내 모습이 좋고 도서관이나 서점에서 시간 가는 줄 모르고 서재를 들여다보고 있는 내 모습이 참 좋다. 특히 주말마다 청소를 끝내 놓고 침대에 걸터앉아 조용히 책장을 넘기고 있노라면 스스로의 모습이 사랑스러워 흐뭇할 때가 많다.

다독가는 아니다. 책의 취향이 확고하거나 전문

적인 편도 아니다. 독서 모임이나 스터디 같은 것도 따로 하지 않는다. 남들처럼 책에 대한 서평을 꾸준히 써본 적도 없다. 나는 단지, 그냥 내가 일궈 나가는 삶의 모습 중 가장 마음에 드는 부분이 '책 읽는 모습'이기에 그 순간을 매일 조금씩 늘려나가고 즐길 뿐이다. 그것만으로도 충분하다고 생각한다.

무언가를 좋아하는 이유가 그것을 즐기는 자신의 모습이 좋아서라니. 나르시시즘적 성향과 맞닿아 있는 듯하다. 하지만 이런 삶의 태도는 조금만 더 깊게 생각해보면 의외로 자주 만날 수 있다. 직업을 선택하는 신중한 문제에도, 사람들을 만나는 일상적인 순간에도 모두 해당된다. 내가 고려하고 있는 직업에 놓여 있는 자신을 상상했을 때 그 모습이 마음에 드는지 아닌지가 누군가에게는 선택의 기준이 되기도 한다. 사람도 마찬가지다. 누군가를 만남으로 인해 안정을 찾고 행복을 느끼는 것이 아니라 끊임없는 불안과 상처로 인해 괴로운 상황에 놓여 있다면, 그런 자신의 모습이 싫어 관계의 매듭을 지을 때가 많다.

하지만 동시에, 그런 판단이 쉽게 되지 않는 경우도 있다. 그야말로 판단이 흐려진 경우다. 지금 하고 있는 것들이 내게 어떤 도움을 주는 것임에는 분명해 보이지만 무슨 이유에서인지 몰라도 내키지 않을 때. 책 읽는 행위와 같이 간단하고 명료한 문제가 아니라, 쉽게 끊어낼 수 없는 인간관계나 생계가 달린 직업적인 문제가 특히 그렇다.

나는 그런 상황에 놓였을 때 우선 사진을 찍어둔다. 실제 사진은 아니다. 괴로운 순간, 마음에 들지 않는 순간들을 머릿속에서 셔터를 누르며 최대한 간직하려고 노력한다. 기억의 조각으로, 또는 기록의 조각으로 남은 것들을 모아 두고 제3자의 관점에서 찬찬히 바라본다. 내가 선망하는 삶을 사는 사람의 모습인지, 따라 하고 싶은 마음이 드는지 아닌지를 기준으로 판단 연습을 하다 보면 선명해지는 경우가 많았다. 당장의 급작스러운 변화를 가져다주진 않아도 서서히 내가 원하는 방향으로 몸을 틀 수 있었다.

좋아하는 내 모습이 점점 더 많아지는 삶을 살고 싶다. 지금 이 인생을 다시 한번 완전히 똑같이 살아도 좋다는 마음으로 살라고 했던 니체의 말처럼 다시 태어나도 동일한 삶을 사는 나 자신이 미워 보이지 않게, 지금 내 삶을 잘 일구어 나가고 싶은 마음이다.

책 읽는 내 모습이 좋아서 꾸준히 책을 가까이했더니 이제는 글 쓰는 내 모습이 좋아진다. 카페에 앉아 글감을 고민하고 문장을 나열하고 단어를 고르는 내 모습이 정말 좋다. 이렇게 좋아지기 시작한 모습들은 웬만하면 쉽게 질리지 않았으니, 나는 나와 잘 지내는 방법을 어느 정도 체득한 것인지도 모르겠다.

굳은살을 만들어가는 삶

　나는 부모님 발의 굳은살을 마주하는 게 힘들다. 두어 달에 한 번씩 고향에 내려갈 때마다 체감하게 되는 엄마, 아빠의 늘어난 주름살도 보기 힘들지만 거칠어진 손과 발을 보는 게 더 마음이 아프다. 이유는 나도 잘 모르겠다. 얼굴은 엄마, 아빠 얼굴과 크게 달라지지 않아 나름 익숙한데 늙어가는 손과 발은 유독 더 낯설게 느껴진다.

　조금이라도 노화를 늦춰보고 싶은 마음에 언젠가부터 부모님의 손, 발을 관리해드리고 있다. 특히 식당 일을 오래 했던 엄마의 발은 하루만 관리를 안

해도 사포처럼 거칠어지는 터라 특별 집중 관리가 필요하다. 사실 관리라고 표현했지만 전문가는 아니기에 특별한 건 없다. 발톱을 깎아드리고 묵은 각질을 간단하게 정리한 뒤 풋크림을 듬뿍 바른다. 피로를 풀어주는 발 마사지를 하고 충분한 보습을 위해 양말을 신겨드리는 게 전부다. 간단한 과정이지만 엄마와 아빠는 내게 발을 맡겨놓고 TV를 보며 거실에 누워있는 순간이 가장 행복하다 말하신다.

단단히도 거칠어진 부모님의 손과 발이 마치 나 때문인 것만 같아서 늘 마음이 무겁다. 가끔 속상함을 표현하면 엄마는 항상 "괜찮다! 열심히 잘 살아왔다는 훈장이다!"며 호탕하게 웃지만 못난 딸은 마냥 편하게 웃지 못한다.

나는 평소에 구두를 잘 신지 않아서 또래보다 발뒤꿈치 각질이나 굳은살이 거의 없는 편이었는데 최근에 못 보던 굳은살이 내 발뒤꿈치에도 슬그머니 보이기 시작했다. 굳은살은 훈장이라고 하던 엄마의 말이 문득 생각났다. 내게도 비로소 훈장이 생기기 시작한 걸까. 나이가 들면 생기는 못난 부분이 굳은살이라고 생각했는데 엄마의 호탕한 웃음 덕분인지 마음이 그렇게 무겁지만은 않다.

우리 부모님이 그랬듯 나도 나이를 먹으며 틀림없이 더 많은 굳은살을 만들어 가게 될 것이다. 때로는 갈라지기도 하고 피도 나면서 더욱 거칠고 못난 발이 되겠지. 하지만 굳은살만큼 두껍고 단단한 나만의 굳은 삶이 나를 오래도록 지탱해줄 것이라 생각하면 그리 나쁘지는 않을 것 같다. 엄마의 발과 아빠의 손이 그저 그런 굳은살로 남지 않도록 자주 만져드리고 가꿔드려야겠다.

취향의 발견

글을 쓰려고 책상에 앉았는데 도저히 글감이 떠오르지 않는 때가 있다. 째깍째깍. 시간은 속절없이 흐르고 텅 빈 화면만 노려보고 있는 자신이 한심하게 느껴진다. 대개는 글감 보따리를 미리 챙겨온 채 책상에 앉지만, 마감이 얼마 남지 않았을 때는 일단 노트북 앞에 앉고 본다. 화면을 노려본다고 갑자기 글감이 뿅하고 떠오를 리는 없다. 그럴 때면 우선, 그동안 썼던 글들을 찬찬히 훑어보는 시간을 갖는다.

여전히 마음에 들지 않는 글도 있고 꽤 괜찮다고 느껴지는 글도 있다. 내가 이런 생각을 했었구나 싶은 낯선 감정이 느껴지는 글도 있는데 그렇게 지난 글들을 보고 있노라면 최근에 들었던 인상 깊은 말 하나가 떠오른다. "누구에게나, 지금에만 쓸 수 있는 글이 있어요. 그래서 작가의 특권은 특정 시절의 나를 언제든지 만나러 갈 수 있다는 거예요." 곽민지 작가가 했던 말이다. 나만이 기록할 수 있는 내 이야기. 결국 지난 글들을 복기하고 그 시절의 나를 만남으로써 새로운 글을 써 나갈 힘을 얻게 된다.

취향을 발견해 나가는 과정도 비슷했다. 없던 취향을 갑자기 만드는 건 어려웠고 과거의 내가 쌓아놓은 기록들에게서 조금씩 발견해 나가는 편이 더 쉬웠다. 누구나 지난 삶을 기록하는 방법은 각양각색이겠지만 내게는 글쓰기가 가장 큰 도움이 됐다. 삶의 기뻤던 순간들, 나를 힘들게 했던 사람, 진심을 다해 사랑했던 사람, 놓치고 싶지 않던 사소한 뿌듯함이 담긴 일상 이야기 등 오래도록 기록한 나의 마음, 감정, 일상들은 취향을 쉽게 찾아갈 수 있게 도와주는 고마운 이정표였다.

누군가에겐 애매해 보일지 몰라도 흐릿한 내가 할 수 있는 가장 선명한 방법은 기록이다. 글감이 떠오르지 않을 때 생생하게 살아있는 그 시절의 나를 만나며 새로운 이야기가 만들어지듯, 지난 과거는 내 마음이 가고자 하는 방향이 흔들리지 않도록 잡아주는 길잡이 역할을 대신했다. 과거의 나와 전혀 다른 모습 앞에서는 설렘을 느낄 때도 있다. 새로운 자극에서 발견하게 되는 또 다른 취향. 그런 날의 기록은 더욱 다채로워진다. 끊임없이 발견해 나갈 삶의 여정이 기대되는 순간이다.

결국 발견을 위해 기록하는 삶인 것 같다. 내가 좋아하는 모든 순간들을 충분히 느끼기 위해. 그 순간들이 얼마나 내게 의미가 있었는지 오래 두고 들여다보기 위해. 참신한 글감을 발견하고자 하는 마음으로 나는 오늘도 내 일상을 기록으로 남긴다. 글감과 취향은 인위적으로 만드는 것보다 소소한 일상에서 자연스럽게 발견해 나가는 것이 더욱 진심에 가깝다고 믿기에.

재미있게 살다 간다고 말할 수 있는 인생

취업 준비생 시절, 동아리 활동의 일환으로 요양원 봉사를 다닌 적이 있다. 한 달에 두어 번 찾아가 청소도 하고 말동무도 해드리는 봉사활동이었는데 유독 한 할머니와의 대화가 아직도 잊히지 않는다. 나를 처음 보신 거나 다름없으면서 갈 때마다 환하게 맞아주시고 손도 따뜻하게 잡아 주셨던 예쁜 할머니.

할머니는 온돌방에서 생활을 하시던 분이었다. 가지런히 갠 침구 옆에서 무릎을 세우고 조용히 앉아 먼지를 청소하고 바닥을 닦아내는 우리의 모습을 반짝이는 눈으로 지켜보셨던 분. 평소 그다지 말씀이 많은 분은 아니었는데 그날따라 청소가 끝난 내 손을 가만히 잡고는 대뜸 이런 말씀을 해주셨다. "있잖아. 나는 참 재밌게 살았다?"

언제나 조용히 미소만 건네주시던 분이라 어떤 이야기를 내게 들려주실지 궁금했는데 전혀 생각지도 못한 말을 듣게 돼 순간 당황했던 기억이 난다. 그리고 그 한마디를 시작으로 할머니는 그동안 어떤 삶을 살아 오셨는지 내게 조곤조곤 들려주기 시작했다. 화려하거나 특별하지는 않았다. 하지만 할머니가 회상하는 그간의 인생은 꽤 재미있었던 것임에 분명했다. 유난히 깊게 팬 보조개와 눈웃음에서 할머니의 재미났을 세월들을 잠시나마 만날 수 있었다.

기나긴 세월을 보내고 노년이 되어 자신의 지난 삶을 돌아봤을 때 "참 재미있었다."라고 표현할 수 있는 삶. 그런 삶은 대체 어떤 삶일까. 어린 나이였던 나는 감히 가늠할 수 없었지만 그 짧은 한마디에, 인생을 부디 재미있게 살아야 한다는 메시지가 담겨있다는 것만은 확실히 알 수 있었다. 살면서 들었던 여러 조언 중 가장 담백하고 따뜻했던, 낯선 할머니의 조언.

그로부터 한 달 뒤 다시 찾아뵀을 때 할머니는 먼 길을 떠나신 지 오래였다. 제대로 인사를 드리지 못했다는 생각에 내내 마음이 무거웠지만, 한편으로는 할머니가 떠나신 곳이 어디든 거기서도 재미있게 잘 지내고 계실 것 같다는 생각이 들기도 했다. 이 생에서 그러하셨듯 그곳에서도 반짝이는 눈빛과 아이 같은 마음으로 유쾌한 생을 보내고 계시겠지.

할머니, 저도 꼭 재미있게 살게요.

닿을 수 없지만 늘 바라볼 수는 있어

무채색 인간

면접에서 이런 질문을 받았다. "본인이 겪은 경험에 대해 자유롭게 이야기해 보세요." 자기소개도 아니고 대뜸 경험을 이야기해 보라니. 어디서부터 어떻게 시작해야 할지 몰라 막막해하고 있는데 갑자기 예전에 회사를 다니면서 써 둔 일기가 하나 떠올랐다.

나는 공부를 못했다. 중학교 2학년 때는 인문계 고등학교에 가지 못할 수도 있다는 담임 선생님의 진단을 받고 부랴부랴 학원을 다니며 긴급 처방을 했고. 고3 수험생 때는 희망 대학은커녕 성적에 맞춰 겨우 대학에 진학했다. 쉽게 말해 중하위권 성적이었다고나 할까. 꼴찌까지는 아니지만 그렇다고 잘한다고 볼 수도 없는 그런 애매한 위치. 특출나게 잘하는 것도 딱히 없었다. 엄마는 늦게라도 내 뒷머리가 트일 수 있다며 오래도록 낙관했지만 안타깝게도 그런 기적은 일어나지 않았다. 그나마 초등학교 때 얼굴도 기억나지 않는 한 선생님의 한마디가 나를 이쪽 길로 끌고 와준 게 아닌가 생각한다. "예슬이는 창의력이 뛰어납니다." 5년째 마케팅 일을 해 오고 있지만, 남들보다 월등히 잘하고 있다고 생각하지는 않는다. 다만 유일하게 재밌어하고 꾸준히 해 온 일이라 나 스스로에게 칭찬의 글을 남기고 싶었다. 공부를 못했던 이유는 다른 것에 호기심이 많았다. 다행히 지금은 호기심의 상대를 찾은 것 같다.

면접관 앞에서 나는 그때의 일기를 곱씹어가며 꽤 짜임새 있는 답변을 했다. 보편적으로 평범한 가

정에서 자랐고 학업 성적이 뛰어나거나 다른 방면에서 특별한 재능을 보인 적은 없지만, 나는 나만의 무기가 무엇인지 아는 사람이라고. 그리고 그걸 바탕으로 지금까지 꾸준히 한 분야의 일을 해 오고 있는 사람이라는 것을 힘주어 표현했다.

사실 무기라고 깨닫기까지 꽤 오랜 시간이 걸리긴 했다. 어느 정도 철이 들기 시작한 중학생 이후부터는 나 스스로를 지독히도 평범한 인간이라 치부하며 살아왔으니. 어릴 때 분명, 창의력이 뛰어나다는 말을 들었지만 말뿐이라고 생각했다. 선생님이 말한 창의력은 내게만 있는 특별한 능력이 아닌 것 같았고 대체 뭐가 창의적이라는 건지도 알 수가 없었다. 그렇게 스스로를 평범한 무채색 인간이라 생각하며 살아왔는데 어느 순간, 그런 무채색이 색다른 무기로 느껴지기 시작했다.

색이나 채도는 없고 명도의 차이만을 가지는 무

채색. 주로 검정색, 하얀색, 회색을 일컫는데 그림에서 꽤나 중요한 역할을 한다. 알록달록 각자의 색을 뿜어내기만 하는 유채색들 사이에서 무채색은 그림의 온도를 은은하게, 부드럽게 만들어 준다. 뾰족한 재능이나 장기는 없지만 사람들과 무리 없이 잘 어울리며 줄곧 공감을 잘하는 나와 많이 닮은 색이다.

무채색, 무색무취. 사람들에게 선명하게 기억되는 요소는 아니지만 나는 나의 흐릿함을 나만의 색깔로 받아들이고자 한다. 선생님이 내게 말씀하셨던 창의력은 일반적으로 모두가 생각하지 못하는 강렬한 기발함을 말하는 것이 아니라, 누구나 생각하면서도 실천하지 못하는 실행력을 말씀하셨던 게 아닐까. 내가 가진 무기로 사람들의 명도를 각양각색으로 부드럽게 이끌어 내는, 질리지 않는 사람으로 남는 게 꿈이다. 오래도록 무채색 인간으로, 누구에게나 자연스럽게 녹아드는 편안한 사람이 되기를.

무채색도 색깔이니까

이런 것도 취향이 되는지 모르겠지만

1.

'까무룩'이라는 단어를 좋아한다. 가수 아이유의 노래 〈무릎〉을 듣고 나서부터다. 불면증이 심한 건 아니지만 한번에 잠드는 게 어려워 최소 15분 이상은 뒤척이며 이런 저런 생각을 하다 겨우 잠드는 편이다. 그래서 '까무룩'이라는 단어를 처음 접했을 때 그 단어에서 느껴지는 까무룩함이 너무 좋았다.

갑자기 정신이 흐려지며 잠에 드는 순간이 내게도 분명 있었는데, 어른이 되면서 점점 어려워지는 기분이다. 하지만 여전히 낮잠만큼은 까무룩 잠에 든다. 주말에 일찍 일어나 집 청소를 한 바퀴 끝낸 뒤 잠시 침대에 기댔다 까무룩 잠에 빠지는 순간의 달콤함이란. 좋아하는 단어나 표현들을 메모장에 적어두고 자주 곱씹거나 나만의 글로 표현하는 걸 좋아하는데 이 글도 그러한 이유로 탄생됐다. 좋아하는 단어 '까무룩'을 써 보고 싶어서.

2.

누구에게나 지친 마음을 달래주는 치유의 장소가 있을 것이다. 내게는 서점이 오래도록 그 역할을 해왔었는데, 요즘 또 다른 장소가 하나 생겼다. 바로 평일 오전 9시 40분, 동작대교를 지나는 사당행 4호선 열차 안이다. 정확히 9시 40분이어야 한다. 출근 시간을 훌쩍 넘긴 시간대라 승객은 많지 않고 날씨가 좋으면 햇살도 제법 환하게 들어온다. '덜컹덜컹' 지하철이 내는 적당한 소음과 햇살 가득한 창 밖의 동작대교를 멍하니 바라보고 있노라면 이상하게 마음이 정화되는 기분이 든다. 2분도 채 안 되는 짧은 시간일 텐데 말이다.

예전에 누군가로부터 주로 어떨 때 영감이 가장 많이 떠오르냐는 질문을 받았었는데 요즘은 단연 동작대교 위라고 대답할 수 있겠다. 써 보고 싶은 글감도, 내가 잘 살고 있나 하는 자아성찰도 대부분 그때 이루어지니까. 새로 다니기 시작한 직장이 동작대교를 지나야만 갈 수 있는 곳인데 매일 지나다니는 그 구간이 마음에 들어서 참 다행이다. 일상의 짧은 순간마저 취향으로 기록해두는 나인 점도.

3.

장이 약해 고기나 밀가루를 원활히 소화하지 못하는 편이다. 삼겹살, 소고기 모두 참 좋아했는데 이제는 그런 것들을 먹으려면 여러 계산이 필요하다. 다음 날 출근을 하지 않는 날이어야 한다거나, 고기의 찬 성질을 가라앉혀주는 부추 같은 것들이 있는지 등등. 구이든 찜이든 먹고 나면 대부분 속이 편하지 못하다 보니 집에서 혼자 고기를 먹는 경우는 거의 없다. 대신 채소들이 그 자리를 차지한다.

가장 좋아하는 건 호박잎. 호박잎 때문에 여름을 좋아한다고 말하고 다닐 만큼 내겐 소울푸드다. 갓 찐 양배추, 살짝 데친 브로콜리, 애호박전, 가지무침도 모두 내가 매일 먹어도 질려 하지 않을 채소들이다. 특히 양배추는 따뜻한 상태로 바로 먹으면 달콤한 고구마 향이 느껴지는데 채소에서만 느낄 수 있는 특유의 달달함이라 정말 맛있다. 고기도 물론 가끔 먹으면 맛있지만 내게는 자주 먹기 버거운 음식이기 때문에 속 편한 채소들을 가까이 두기로 했다. 식비까지 아낄 수 있으니 내겐 금상첨화.

4.

이렇게 적어두고 보니 좋아하는 게 참 많은 사람처럼 느껴진다. 빨강머리 앤이 "좋아하는 게 많다는 건 근사한 일."이라고 했는데 나 좀 근사한 사람이라고 봐도 되려나. 별거 아닌 단어들을 좋아하고 반복되는 일상의 한 장면에 책갈피를 꽂아두고 불편한 음식 대신 편안한 음식을 취향 따라 즐기는 일. 기쁨이 되는 소소한 순간들을 기록으로 쌓아 보니 꽤나 괜찮은 취향을 가진 사람 같다.

취향을 찾아가는 지도가 있다면 그 지도의 끝에는 진짜 '나'가 기다리고 있는 것 아닐까? 우리 모두 진정한 '나'를 찾기 위해 고군분투하며 머나먼 여정을 떠나온 것일지도. 그러니 매일 설레는 마음으로 나만의 취향 찾기를 멈추지 않았으면 좋겠다. 모든 여행이 그렇듯 목적지에 도착해야만 여행으로써 의미가 있는 건 아니니까. 때론 길도 헤매고 생각지 못한 경험도 하면서 차곡차곡 나만의 취향 여행기를 완성해 보는 거다. 완성이라는 표현을 썼지만 아마 완벽한 완성은 쉽지 않을 듯하다. 하지만 그게 바로 우리를 멈추지 않고 떠나게 하는 원동력이 되기도 하겠지.

어릴 때 나는 놀이공원의
빅3 이용권을 이해하지 못했었다.

'이렇게나 재밌는 놀이기구가 많은데
어떻게 3개만 고를 수 있는 거지?'

하지만 점차 나이를 먹으며 이해하게 됐다.

'내가 좋아하는 딱 세 가지만 누려도
충분하다'는 마음

체력과 열정의 문제도 있겠지만
좋아하는 것을 온전히 누렸을 때의 만족감이
더 크다는 것을 깨닫게 되는 요즘이다.

무한한 자유도 좋지만

내가 결정하는 하루 중의 유한한 행복이
더 애틋할 때도 있는 법.

그래서 요즘은 하루를 시작할 때
나를 기쁘게 하는 BIG 3는 무엇일지 생각해본다.

'딱 세 가지만 있어도
충분히 행복할 수 있다'는 믿음과 함께

때로는 욕심 부리지 않는 마음이
행복에 더 빨리 도착할 수 있게
도와주는 것일지도.

오늘 나는, 이거면 됐다.

내가 직접 고르는 오늘 하루의 내 행복

에필로그

옷에 대한 확고한 취향이 생기기 전 내 옷장은 온통 검은 옷들로 가득했었다. 패션에 대해 뛰어난 감각을 갖고 있지는 않지만 왠지 검은색이라면 너무 못나 보이지도 너무 화려해 보이지도 않았기 때문이다. 화장품도 예외는 아니었다. 유행하는 컬러의 제품들은 일단 모조리 사고 봤고, 어울리는지 아닌지도 모른 채 그저 걸치고 다녔다. 뚜렷한 개성을 갖기는 힘들어도 뒤처지고 싶지 않았던 무언의 노력이 반영된 모습들이었다.

그러던 어느 날, 문득 사진첩에 담긴 내 예전 모습들을 보는데 참 멋없다는 생각이 들었다. 정말 아무런 취향이 없는 사람처럼 느껴졌다고나 할까. 대충 머리로는 알고 있었지만 불현듯 느껴지는 나의 어정쩡한 모습에 갑자기 진절머리가 났다. 분명 내가 고른 옷들일 텐데 입고 싶어서 입은 옷이 아닌 느낌. 칙칙하고 어딘가 모르게 부자연스러운 모습. 누구나 자신의 과거를 만나면 비슷한 생각을 하겠지만, 나는 또렷이 드러난 나의 '취향 없음'이 부끄럽게만 느껴졌다.

과감한 시도를 해 보기로 했다. 분홍색 원피스를 입어 보기로 한 것이다. 분홍색은 어릴 때나 좋아하던 색이라 치부하며 외면한 채 살아왔었는데 거울에 비친 내 모습은 생각보다 괜찮았다. 아니, 괜찮은 정도보다 조금 더 괜찮았다. 스스로 이런 표현을 하는 게 조금 낯간지럽긴 하지만 그야말로 찰떡이었다. 칙칙하기만 한 옷장에 분홍이라니. 원피스를 사고 나오면서도 잠시 머리가 어지러웠지만 그렇게 용기를 얻은 나는 옷에 대한 취향을 조금씩 발견해 나가는 기분 좋은 모험을 시작하게 됐다.

내게 어울리는 색깔은 생각보다 다채로웠다. 분홍색과 마찬가지로 유아스러운 색이라 생각했던 노란색이나 화려한 주황색이 그런 경우다. 평소라면 거들떠보지도 않았을 색들을 몸에 갖다 대보며 내게 어떤 옷들이 더 잘 어울리는지 전보다 많이 알게 됐다. 덜컹거림 없이 나와 조화를 이루는 색이 어떤 색인지, 내 주변을 어떤 것들로 채워야 하는지도. 물론 아직 완벽하다고 할 수는 없지만.

자신만의 취향을 알아간다는 건 시야가 점점 확장되어 가는 과정인 것 같다. 취향이 확고해지는 만큼 그 세계는 더욱 깊어지고 타인의 취향까지도 기꺼이 존중해줄 수 있는 넓은 마음이 생긴다. 처음부터 본인의 취향을 뚜렷하게 알고 살아가는 사람은 많지 않을 것이다. 어두운 색만 주구장창 입던 내가 우연한 시도로 밝은 색을 가까이 하게 됐듯 대다수의 사람들은 다양한 시도와 시행착오를 겪으며 자신을 알아간다. 취향은 나를 더욱 알뜰살뜰하게 가꾸는 습관의 시작이다.

오늘 만난 사람, 무심코 골랐던 점심 메뉴, 자주 내뱉었던 말, 기억에 남는 하루의 장면. 모든 것들이 나를 알아가는 과정 속에 새겨지는 삶의 조각들이다. 모두 취향이라는 큰 갈래에서 뻗어 나와 나만의 이야기로 기록된다. 혹여나 뚜렷한 취향이 없는 게 고민이라면 일상의 조각들을 정성스럽게 모으는 데 집중해보면 좋겠다. 그리고 가끔 엉뚱한 시도도 해보면 좋겠다. 그런 날의 기록은 삶을 더 찬란하게 만들어 줄지도 모르니까. 무채색이었던 내가 그러했듯 분홍빛 모험의 바람이 살랑하고 불어오는 순간이 당신에게도 분명 찾아올 테니까.

내 마음이 향하는 방향으로 나아가보자
키는 내가 쥐고 있을 테니, 두려워 할 필요는 없다

취향의 기쁨

초판 1쇄 발행 2021년 10월 20일
초판 4쇄 발행 2022년 01월 10일

지은이 권예슬
펴낸이 김기용 김상현

편집 전수현 김승민　**디자인** 이현진
마케팅 조광환 김정아 정지연

펴낸곳 필름(Feelm) 출판사
등록번호 제2019-000086호　**등록일자** 2016년 6월 13일
주소 서울시 영등포구 양평로30길 14, 세종앤까뮤스퀘어 907호
전화 070-8810-6304　**팩스** 070-7614-8226
이메일 office@feelmgroup.com

필름출판사 '우리의 이야기는 영화다'

우리는 작가의 문체와 색을 온전하게 담아낼 수 있는 방법을 고민하며 책을 펴내고 있습니다.
스쳐가는 일상을 기록하는 당신의 시선 그리고 시선 속 삶의 풍경을 책에 상영하고 싶습니다.

홈페이지 feelmgroup.com　**인스타그램** instagram.com/feelmbook

ISBN 979-11-88469-87-1 (03810)